Dùn Àlainn

no

An t-Oighre na Dhìobarach

Iain MacCormaig

Dùn Àlainn

no

An t-Oighre na Dhìobarach

Iain MacCormaig

Akerbeltz

Chaidh an tionndadh seo a dheasachadh is fhoillseachadh ann an 2022 le Foillseachadh Akerbeltz, Glaschu.

Dàta Leabharlann Bhreatainn Cataloguing-in-Publication

Gheibhear clàr CIP an leabhair seo o Leabhar-lann Bhreatainn

Stèidhichte air Dùn-Àluinn no an t-Oighre 'na Dhìobarach le Iain MacCormaig a chaidh fhoillseachadh le Alasdair Gardner ann an 1912.

Air a dhealbhadh is air a chlò-shuidheachadh le Foillseachadh Akerbeltz

Dealbhadh a' chòmhdachaidh le Rob Wherrett

ISBN 978-1-907165-13-9

Gheibhear barrachd fiosrachaidh mun leabhair seo air an làrach-lìn a leanas:

www.akerbeltz.eu

RO-RÀDH

Bha *Dùn Àlainn* am measg nan ciad nobhailean fada a chaidh fhoillseachadh sa Ghàidhlig a-riamh, an toiseach pìos air phìos san iris-leabhar *People's Journal* agus an uair sin an cruth leabhair.

'S e Iain MacCormaig (1860–1947) às an Ros Mhuileach a sgrìobh an nobhail seo, beagan bhliadhnaichean an dèidh dha an nobhaileag *Gun d'thug i speis do'n Armunn* a sgrìobhadh agus bhuannaich e grunn dhuaisean aig a' Mhòd airson nan sgeulachdan aige.

Chaidh an litreachadh a cheartachadh agus ùrachadh san tionndadh ùr seo a rèir gnàthasan litreachaidh an latha an-diugh ach cha deach obair-dheasachaidh eile a dhèanamh air an sgeulachd fhèin.

Leabaidh-bàis na Baintighearna

'S e leabaidh-bàis màthar a bh' ann. Bu ghoirt na briathran a labhradh. Bu trom an sgàil-bhrat a leagadh air na bha an làthair ag èisteachd an seòmar àrd caisteal mòr Dhùn Àlainn.

"A Chailein, a Chailein! Tha mise gad fhàgail fhèin 's do naoidheag-pheathar. Chunnaic mi mòran, dh'fhuiling mi mòran, is ghiùlain mi mòran rè mo làithean. Cha do ghiùlain caraid no coimheach m' uallach no mo thrioblaidean dìomhair-sa. Cha d' aithnich each riamh mo dhoilgheasan. Chuir mi sgàil an aoibhneis thairis orra, nuair bu truime an cudrom is nuair bu ghoirte am beum. Ach, a rùin is aona mhic mo chlèibh, lùb, mu dheireadh, mo ghlùinean laga fon eallach throm, agus ghèill mi don uallach. Ruith mi mo rèis san t-saoghal, is tha mi aig ceann mo shlighe an tìr nam beò. Chan eil ionndrainn as mo dhèidh san fhàsach seo ach thus' a-mhàin, a Chailein, a rùin − a rùin mo chridhe − agus do phiuthar bheag. Do phiuthar bheag nach fhaca fhathast an dà uisge mara, is air nach do mhùthaich ach gann solas na h-aona ghealaich"

"Bha mise anns an rathad, a Chailein. Bidh tusa anns an rathad, cuideachd. Nuair a dh'fhalbhas mise, 's a chì thu mi fon fhòid, thoir an aire dhut fhèin. An earail sin tha mi a' toirt ort thoir an aire dhut fhèin. Dèan do dhìcheall airson do pheathar, ach thoir an aire dhut fhèin. Tha sibh le chèile anns an rathad. Cuimhnich mo bhriathran, a Chailein: thoir an aire dhut fhèin."

Sheas Cailean Òg Dhùn Àlainn aig taobh leabaidh-bàis a mhàthar. Bha dhà làimh paisgte air uchd a bha gluasad fo fhaireachdainnean a chridhe bhriste bhrùite ghoirt, mar a ghluaiseas doineann nan speur an cuan ro làimh. Bha na deòir fhrasach a' sileadh ra ghruaidhean, is neagaid aige le trioblaid thruim.

"Na cuiream-sa cùram oirbh, a mhàthair. Ged is iomadh uair cadail a chaill sibh air mo thàilleabh le mo ghòraiche is le m' amaideachd, chan eil mi cho faoin is nach lèir dhomh nì is lèir do na coimhearsnaich. Na biodh cùram oirbhse, mhàthair mo ghaoil, air mo shon-sa. Is mis' a-mhàin a dh'ionndrainneas sibh. Bha sibh nur cùl-taic dhomh an àm nan càs. Chuirinn earbsa asaibh nuair bhithinn air slighe na h-amaideachd, is ghabhadh sibh mo leisgeul air cho dona 's gum biodh mo chionta. Ach nuair chailleas mi sibhse, mhàthair, cò tuillidh a sheasas an làrach nur n-àite dhomh? Nach coma dhòmhsa an saoghal nur dèidh. Ach na bithibh fo chùram air mo sgàth. Bheir mi an aire dhomh fhèin. Nuair a dh'fhalbhas sibhse, chan eil ann a bheir comhairle màthar dhomh. Chan eil, a mhàthair, chan eil."

"Glèidh do mhisneach, a Chailein. Tha do dhleasnas agad ra dhèanamh san t-saoghal. Seas air cùl do pheathar. Cùm suas air a sgàth, an dìlleachdan mì-fhortanach, a tha cheana gun athair, faodaidh mi ràdh, agus a bhitheas a-màireach ro ghlaodh nan coileach, gun mhàthair ris an dèan i sodan is brìodal. An-dràst chan fhairich mo leanabh a call, a' mànran gu neoichiontach an uchd coimheach. Ach thig an latha air an ionndrainn mo naoidhean maoth a màthair chaomh, a Chailein, a mhic, a mhic!"

"Faic thusa a còir aig d' aona phiuthair, ma gheibh sibh le chèile saoghal. Pòs Màiri is cuir do phiuthar air a cùram an-dràst."

"Tha mise gur fàgail le chèile mar dhìlleachdain, agus slàn leibh, a Chailein, a mhic – aona mhac is aona nighean mo ghràidh 's mo ghaoil!"

Bha làrach muladach an seòmar àrd taigh mòr Dhùn Àlainn. Cha robh sùil thioram fo chromadh nan spàrr. Cha robh gnùis air nach robh trioblaid. Cha robh uchd nach robh a' gluasad le osnaich a' bhròin. Cha robh cridhe nach robh leòinte le saigheid a' bhàis, is cha robh neach nach d' fhairich gu trom, trom a' bhuille ghoirt a bha ri tuiteam gun dàil air Dùn Àlainn is air a shluagh lìonmhor, bàidheil blàth-chridheach tlusail.

Thàinig gnog don doras. Thionndaidh gach aghaidh ris an fhuaim le clisge. Theann an còmhlan air an ais a dhèanamh rathaid don lèigh a dh'ionnsaigh na leapa. Ghlac na h-uile misneach gun toireadh a dheagh sgil mun cuairt an tè bha ga tonn-luasgadh san leabaidh le an-fhurtachd an fhiabhrais thruim a bha a' toirt rudhadh lasanaich theth na gruaidhean mine suairce dam bu dual a bhith sgèimheil glan. Chuir e an teas-mheidh na beul is leag e chorragan gu blàth caomhail air caol a dùirn, is an t-uaireadair air bois na làimhe clì. Bha buille chas gheur aig an fhuil na cuislean, is a h-uile buille a' toirt bean Dhùn Àlainn na bu dlùithe air ceann na slighe bha a' dol a-steach don t-sìorraidheachd bhuain gun chrìch.

Sheall an lèigh air an teas-mheidh is chrath e a cheann. Chuir e a làmh fhionnar air a bathais is thionndaidh e gu falbh gun ghuth a ràdh.

"An dèan sibh dad idir airson mo mhàthar?" arsa Cailean an guth tachdte briste le bròn. "A bheil ur sgil gun fheum? Nach sàbhail sibh dhomh i – mo mhàthair, mo mhàthair – ma tha an comas as lugha air? No a bheil sibh am beachd gum falbh a' mhàthair as fheàrr air an t-saoghal uile, is gun a leigheas ann? Ciod e tha sibh ag ràdh? Bruidhinnibh. Thugaibh fuasgladh dhith. Aon latha eile fhèin de shìneadh air a saoghal, nì e toilichte mi. Aon latha! Dìreach aon latha!"

Cha robh cridhe a bha a-staigh nach robh an ìmpis sgàinidh. Cha robh sùil nach robh a' taomadh nan deur. Cha robh ceann nach robh air cromadh le cudrom a' bhròin.

"Biodh agadsa foighidinn is misneach mhath, a Chailein, a rùin. Tha tinneas do mhàthar os cionn mo sgil-sa. Cha toir sgil shaoghalta fuasgladh dhith. Thug sinn uile a h-uile h-oidhirp a b' fheàrr, ach tha i nis an làmhan as àirde agus is cumhachdaiche na làmhan saoghalta. Bi thusa, ghràidh, treun an àm a' chruadail. Dèan thu fhèin gu duineil ris an eallach. Cha deach uallach air duine riamh nach d' fhuair e neart ga ghiùlan. Leig dhìot am bròn, glac foighidinn, is na bi 'cur feirg air an Tì a chruthaich sinn uile. Thèid sinn uile air a' cheart taobh a tha ise dol, is chan eil fhios aig a h-aon againn air an uair seach a' mhionaid. Slàn leibh uile."

Dh'fhalbh an seann lèigh, a fhreastail aig iomadh leabaidh breith is bàis anns an sgìreachd. Dh'fhàs a cheann liath am measg an t-sluaigh anns an do thuit a chrannchur nuair bha e glè òg. Dh'fhàg e bheannachd mu dheireadh aig Baintighearna Dhùn Àlainn, is chluinnteadh a cheum trom, bho chridhe brùite, a' dol sìos an staidhir. B' aithne dha i bho thoiseach a làithean. B' aithne dha a pàrantan roimhpe. Chunnaic e i a' fàs bho a bhith na caileig bhig aotruim laghaich, gu bhith na h-inghinn shnasmhoir fhìnealta speisealta, air an robh gach àrmann euchdmhor san dùthaich an geall, is an eud ra chèile air a toir. Chunnaic e i an latha mì-fhortanach ud a chaidh snaidhm a' phòsaidh oirre ri fear Dhùn Àlainn. Chunnaic e gach crois a thàinig na rathad a-riamh, gach neul dubh, tubaisteach a chuir dubhar air a gnùis aoibhnich, 's a chuir campar air a h-inntinn neo-amharasaich, agus dorran air a cridhe sèimh seirceil seunail. Chunnaic e an oidhche ud ceann a saoghail air teachd, a h-àmhghairean 's a trioblaidean air tighinn gu crìch, agus smal dubh a' bhàis air leus-mara an ònaranaich, an fheumnaich, 's an allabain.

B' e an deagh eòlas a bh' aige air droch chàradh na mnatha maithe a chuir a leithid de shaigheid ghoirt an cridhe an t-seann lèigh, a chaidh ainm air a bhàidhealachd, air a cheanaltas, is air a chneastachd, far nach rachadh a shloinneadh gu bràth.

Bha tost an seòmar na h-easlaine, agus chluinnteadh an t-oibreachadh goirt a bha air an tè a leagadh a sìos cho ìosal.

"A bheil sibh nas fheàrr, a mhàthair?" arsa Cailean, 's e a' cromadh os a cionn, is reachd goirt na mhuineal.

"Chan eil, chan eil, a rùin. Cha bhi feàirrde ormsa am-feast. An do thill Seònaid?"

"Thill," arsa Cailean. "Seo agaibh uisge Tobar an t-Sonais. Òlaibh e is bithidh sibh nas fheàrr."

"Am fac' i beothach beò?" ars ise, is chiteadh an cùram a bha na gnùis.

Cha tubhairt duine guth.

"Is dogh nach fhaca. Chan eil manadh tighinn bhuaithe orm. Tha mi strìochdte rim staid. Tha mo dhòchas làidir, is chan eil mo shùil an dèidh an t-saoghail."

An ceann greis dh'iarr i an sgàil a thoirt far na h-uinneige a chùm 's gum faiceadh i an sealladh mu dheireadh, le soillse nan reul, de mhullach nam beann taobh thall Loch Sìonaba, far an do thogadh i fhèin agus dusan glùin de a muinntir.

"Ò, Bheinn Ghlas, a Bheinn Ghlas! Nach iomadh latha toilichte thug mi a' cluich mud bhruthaichean! 'S a Shraith Bhàin, a Shraith Bhàin, nach tric a shiubhail mi do chòrsaichean, a' trusadh nan dìthean 's nan sòbhraichean, nuair nach robh fios agam ciod e bu chiall don t-saoghal! Och, och!"

Leag i a ceann air a' chluasaig, is tharraing i osann bho ghrunnd a cridhe. Bha e coltach nach biodh an teachdaire fada gun tighinn, is cha robh neach a bha a-staigh nach b' e mhiann a bhith a' frithealadh dhith a leigeil fhaicinn a ghràidh.

Chualas ceuman trom a-nìos an staidhir, agus cò thàinig a-steach ach fear Dhùn Àlainn. Gun a chòmhdach uachdair a chur dheth, is gun fhacal a sgoltadh ri neach a bha an làthair, choisich e gu socrach sàmhach gu taobh na leapa. Chunnaic e le shùilean nach robh a' chrìoch fad às, agus, rud a chuir iongnadh air cuid de na bha an làthair, thàinig tiomachadh mòr air.

"Ciod e mar tha thu, Mhòr, a ghaoil?" ars esan an guth critheanach blàth.

Bhogaich na briathran gach cridhe a bha a-staigh. Bha iad eòlach air caitheamh-beatha fear Dhùn Àlainn, agus lìon iad le iongnadh air faicinn na buaidh a bh' aig leabaidh-bàis a mhnatha air an duine seo a bha, o chionn iomadh bliadhna, cho làidir chruaidh an-iochdmhor, eadhan ra mhnaoi uasail bhanail bhainndidh fhèin.

Chan eil neach, air fheabhas, nach eil fàillinn ann. Chan eil neach, air a bhuirbe no air a bhrèine, nach eil sùileag bhlàth na chridhe. Is chan eil neach nach tig, uaireigin rudeigin na rathad a cho-fhreagairt ris na buadhan nàdarra seo.

Thàinig an latha seo air fear Dhùn Àlainn. Bhuail a bhuille far am bu laige e, agus dh'fhairich se i. Mar a thionndaidheas am buinne is laige de shruth faram na conntraigh shamhraidh an long is motha thèid air uisge, thionndaidh leabaidh-bàis a mhnatha faireachdainnean fear Dhùn Àlainn – air an àm co-dhiù.

Bha blàthas is irisleachd anns na facail, is thionndaidh a' bhaintighearna mun cuairt, agus leag i a sùil air.

"Nach eil thusa coma. Tha a' chrìoch air tighinn a-nis, is tha mi fàgail mo bheannachd agad. Till air do shlighe, agus tagh do chompanaich. Tagh do chompanaich, a Chailein."

An Triath 's an Oighreachd

B' i seann oighreachd a bha an Dùn Àlainn. B' e, mar an ceudna, seann teaghlach measail a bha an teaghlach Dhùn Àlainn. Chinn iomadh geug mhaiseach air a chraoibh-ghinealaich, agus dh'fhàg an toradh an lorg nan dèidh an eachdraidh na rìoghachd. Chinn geugan mosgaineach oirre cuideachd aig iomadh am bho na fhreumhaich i an talamh sultmhor Dhùn Àlainn. Rinn iad seo làrach dhaibh fhèin, cuideachd, an eachdraidh na h-oighreachd mun do chrìon iad air falbh bhon t-seann bhun uasal iomraiteach bhunnsaidh.

B' ann de na geugan seo Cailean Mòr. Dh'fhàg e eachdraidh na dhèidh, ach chan i an eachdraidh as fheàrr. Bha e an inbhe san dùthaich. B' e fhèin an t-uachdaran, is bha an t-ìochdaran a bh' ann ra latha a' gabhail beachd air a dhol a-mach, air a thighinn a-steach, is air a chaitheamh-beatha, dìreach mar a rinn gach linn a dh'fhalbh air na h-uachdarain a dh'fhalbh. Bha gach linn a' glèidheadh a h-eachdraidh fhèin, is ga sìneadh a-nuas do chàch. Tha, leis an sin, fear an droch bheus cho iomraiteach ri fear an deagh bheus. Tha e, math dh'fhaoidteadh, nas iomraitiche, a chionn nach eil a sheòrsa ach annamh.

Cha robh seòrsa Chailein Mhòir ach annamh an Dùn Àlainn. Cha robh iad ach annamh an dòigh no dhà, nam buntainn ris an t-sluagh a bha nam mèinn, agus nan caitheamh-beatha fhèin.

B' e freumh de theaghlach Cholgain a bh' ann, agus theireadh seann daoine gun robh an fhuil gu math reachdmhor ann. "Thèid dùthchas an aodann nan creag." Ma tha e fìor gum faod neach a' dol na chruth, is na choltas, is na nàdar ri h-aon de shinnsearachd a tha iomadh linn air ais a' sgaradh bhuaithe, chaidh Cailean Mòr Dhùn Àlainn gu math ri cuid bhig de dhaoine, na choltas: chan ann na chaitheamh-beatha no na bhuntainn ra shluagh. Bha e beò an atharrachadh linn. Bha an t-àm adhartach, an sluagh soilleir beachdail ionnsaichte, agus lèirsinneach air buirbe is aineolas is brèine an t-silidh on tàinig iad. Ach a dh'aindeoin a h-uile cìreadh is slìobadh is ionnsachadh a fhuair am freumh seo de theaghlach ainmeil Dhùn Àlainn, bha rudeigin de choimeas aige ri h-aon no dhà de shilidh a bha borb breun nan nàdar, nuair nach robh buirbe is brèine cho faicsinneach 's a bha iad, nuair bha deagh challachadh is deagh ionnsachadh am measg an t-sluaigh gu coitcheann. Mhaolaich an togail a fhuair Cailean Mòr a bhuadhan. B' e an aona mhac e. Chaidh fhàgail òg na dhìlleachdan, is an t-srian a leigeil mu chluasan tràth. Cha robh duine ann a bheireadh achmhasan dha nuair rachadh e a bhàrr na slighe cheirt. Shiubhail e an saoghal mun iadh a' ghrian, is chuir e mòran de ùine seachad an tìrean dorcha measg sluaghan aineolach aig nach robh eòlas no iarraidh air riaghailt no stuamachd no grinneas.

Bheir a bhith tadhal 's a' cur eòlais air sluagh anns an t-suidheachadh seo, buaidh mhòr air neach sam bith, ach gann. Bheir e buaidh, gu sònraichte, air duine òg gun chùram an t-saoghail, a tha gu nàdarra aotrom sa cheann, a chuislean làn de fhuil theth, àrdanaich, is gun athair no màthair air a chùl ga stiùradh, no a thoirt cridhe ghoirt dhaibh air amaideachd.

Thug e buaidh air Cailean Mòr Dhùn Àlainn. B' e chompanach an duaircean bu mhotha. B' e àite tathaich an drùthlann a b' ìsle. Bha cur a-mach anabarrach ann, agus bha sin, le choltas uasal, fèathail, speisealta, na adhbhar meallaidh do dhaoine òga eile a bha an aignidhean laga gan aomadh gu slighe na h-amaideachd.

Nuair a struidheadh e a chuid fhèin, laigheadh e air an cuirp-san mar a laigheas iolair air closaich, is cha ghluaiseadh e sgiath fhad 's a bhiodh criom air cnàimh.

Chùm an t-seòltachd 's an gliocas seo an oighreachd an ceangal ra chèile, ged nach eil teagamh nach b' ann le iallan fada, righinn de leathrach dhaoine eile.

Bha e gleusta air a h-uile dòigh an gabhar duine, agus, cleas na neasa 's an tarmachain, dh'atharraicheadh e dhath do rèir na h-aimsir, agus, math no dona comann sam bitheadh e, dhèanadh Cailean Mòr e fhèin ri each. Am measg nan sgaomairean b' e an ceann-feadhna, agus an comann na stòldachd 's na stuamachd, cha b' e Cailean Mòr idir a bu diùididhe am measg nam flath.

Fhuair e a-rithis, rogha is tagha nam ban mar mhnaoi. Bha i calg-dhìreach na aghaidh-san air a h-uile dòigh an gabhar i. Bha i cho suairc 's a bha esan cho duairc. Bha a nàdar cho uasal 's a bha nàdar-san ìosal. Bha i cho ceanalta 's a bha esan cho breun. Bha i cho caomhnach 's a bha esan caithteach, agus cho ciùin na gluasad air a h-uile dòigh 's nach robh e coltach iad a thighinn air a chèile nas motha na ghabhas uisge ri ùilleadh.

B' ann le comhairleachadh air gach taobh a chuir 's gun do phòs iad. Bha iad le chèile de fhuil uasail. Bha iad le chèile de sheann teaghlaichean. Bha an sinnsearachd nan coimhearsnaich a-riamh, is bha pòsaidhean eadar an dà thaigh uair no dhà o shean. Nam biodh na h-uile rud do rèir a chèile cha b' e idir pòsadh mì-choltach a bh' ann air taobh seach taobh. Cha robh dachaigh sa Ghàidhealtachd a b' fheàrr na Dùn Àlainn, nan robh riaghladh math a-muigh 's a-staigh.

B' ann am beachd gun toireadh pòsadh an teaghlach measail, Cailean gu rathad, a chuir 's gun do rèitich a luchd-comhairle 's a chileadairean an t-slighe a chùm 's gun tigeadh a' chàraid òg dh'ionnsaigh a chèile. Cha b' urrainn Cailean dol gu taobh bu choltaiche. Cha b' urrainn dha dol an lùib mnatha b' fheàrr na Mòr, rìbhinn òg shnasmhor Ghlinn Shìonaba. Bha oighreachd a h-athar air taobh eile Loch Sìonaba, mu choinneamh Dhùn Àlainn, agus cha robh an dà chaisteal mìr a' tàir air a chèile.

Bha Caisteal Dhùn Àlainn gun teagamh air a shuidheachadh anabarrach brèagha, am measg obair nàdair is obair làmhan dhaoine. Bha cnocan àrda maola, ag èirigh mun cuairt air, mar ghàrradh dìon nàdarra, len còmhdach uaine, a gheamhradh 's a shamhradh, den ghiuthas mheanglanach bhadanach gharbh, is iad a' fàs ìosal co-rèidh ran dìreadh ri uchd nan sliabh san robh am freumhan an grèim. Mun cuairt a' chaisteil bha am beithe àrd dìreach, le bharraibh gasanach dosrach, a' crathadh gu rèidh socrach mar gum biodh e cumail cluais-chiùil ri fuaim na gaoithe ceòlmhoir a' sranndaich am measg nan stùc. Bha challtainn ghlas gheugach a' lùbadh, gach foghar, fo h-eallach chnù, agus an darach stocanach ceigeach, le ghàirdeanan reamhar, lùbach a' toirt dùbhlain don stoirm fad cheudan bliadhna. Air cùl an taighe bha an t-eas mòr a' dèanamh car a' mhuiltein le aodann an aonaich, 's a' tilgeil frasan geala mar neòil do na speuran. A-sìos an rèidhlean preasach feurach, bha an abhainn a' sloistreadh am measg nan dòirneag, 's am bradan na cheudan anns na puill dhomhain dhorcha a' gabhail fàth air an tuil, a thoirt a-mach an aonaich ghairbh easaich, 's a' ruigheachd an locha a chladh. Bha sealladh is iasgach is seilg air còrsaichean Dhùn Àlainn. Cha robh oighreachd eile air Gàidhealtachd na h-Albann air an robh sluagh cho lìonmhor, is tuath cho cothromach, no a b' fheàrr a rachadh nam biadh s nan aodach. Cha robh coitear ann gun bhò, gun chaoraich. Bha sùil an t-sàsaich daonnan air an t-seang, is chan fhaighteadh an dìol-dèirce an taobh a-staigh da chrìochan, mur tigeadh e ann à ceàrnaibh eile.

Ach mo chreach, mar a dh'èirich don chòrr den Ghàidhealtachd, thàinig caochladh air aimsir Dhùn Àlainn agus thàinig latha air nach do smaoinich duine ron àm. Dh'èirich na cinn-fheadhna 's na h-uachdarain uile an aghaidh an t-sluaigh àghmhoir, a chùm an cinn air an amhaichean is dìon air am fearainn nuair bha bagradh a' tighinn orra bhon taobh a-muigh. Dh'atharraich bonn-chùisean is prìomh riaghailtean na rìoghachd air fad. Bha bunadas gach atharrachaidh anns na riaghailtean claona a rinneadh ceudan de bhliadhna roimhe siud.

Bha oighreachdan sa Ghàidhealtachd air nach tug an teugmhail mòran muthaidh, ach cha b' i Dùn Àlainn tè dhiubh. Bha an toradh do rèir an uachdarain, is bha a bhlàth 's a bhuil air Dùn Àlainn is air a thuath.

Ach mun do thòisich an ùpraid a rinn eug-lios de gach gleann sa Ghàidhealtachd, thug fear Dhùn Àlainn dhachaigh a' bhean, 's a mhàthair, 's a' bhana-mhaighstir a b' fheàrr san dùthaich. Bha toiseach an làithean mar chàraid phòsta glè shoirbheachail toilichte. Ach, ri ùine, thòisich na seann ana-miannan air tighinn beò. Cha stamhnadh 's cha stèidhicheadh Dùn Àlainn e fhèin aig an taigh. Mar eun-siubhail an fhàsaich chan fhuilingeadh e a sgiathan a ghearradh. Bu mhath a stà, ach cha b' urrainn dhi a staonadh no a theadhradh, agus, mu dheireadh, leig i a shrian mu chluasan, a ghabhail a rogha rathaid. Rinn e sin, agus anns a h-uile dòigh mhì-stuama ana-ceart, agus bhiastail, gus an do bhris e cridhe anns an aona chom bu sheirceala, bu bhanala, 's a b' uaisle bh' anns an dùthaich uile gu lèir.

Thug iad fichead bliadhna pòsta, ach cha robh esan riamh bliadhna còmhla, fo dhruim a thaighe fhèin. De chòignear de theaghlach cha do sheas ach dithis: Cailean Òg agus an naoidheag air an do bhàsaich bean Dhùn Àlainn. Mhill mì-bheusachd a fir a slàinte. Leòn e a cridhe. Thug e acaid na creubh, nach d' fhàg i, agus thog a leabaidh-shiùbhla fiabhras innte a thug don uaigh glè òg i.

Chunnaic i nach robh dìlseachd na fear-pòsta. Chunnaic i nach robh aice ach roinn de ghràdh. Mun tubhairt i air a leabaidh-bàis, thuig i gun robh i anns an rathad. Bha bunntamas domhain innte a bha dall bodhar air na bha a' tighinn a dh'ionnsaigh a sùla 's a cluasan. Shnaidh i às. Dh'fhalbh a càil. Thàinig a h-uair, is laigh i, mu dheireadh, air leabaidh-bàis.

Bha fear Dhùn Àlainn an Lunnainn aig an àm. Cha robh teagamh aig a mhnaoi uasail ciod e bu chaitheamh-beatha dha, ach nuair a fhuair e fios gun robh i gun fiughair rithe, biodh e ra chreideas gun d' rinn e a h-uile dìcheall a ruigheachd taobh a leapa mun do dhùineadh a sùil. Biodh e ra chreideas, cuideachd, gun do leig e fhaicinn mòran iochd dhi, ge b' anns na mionaidean deireannach, gun do laigh trioblaid throm air, agus gun do nochd e blàths is gràdh is coibhneas nach do nochd e leis a' cheart chaomhalachd bhon latha a chaidh an t-snaidhm orra le chèile. Dh'fhàs e mar leanabh beag na cìche, is bhrùchd a chridhe a-mach am bròn. Ach cha dèanadh siud feum tuillidh. Bha crìoch a mhnatha aig làimh, agus, mu bhriseadh an latha, dh'fhàg i an saoghal.

Laigh bròn trom air dà thaobh an loch. Cha robh uchd nach robh air a leòn. Cha robh sùil air nach robh deur. Cha robh cnoc nach robh a bhreò-chual fhèin air, air sgàth Baintighearna Dhùn Àlainn. Ghlèidh na beanntan fhèin an ceò mun guailnean, agus cha d' èirich dealt na h-oidhche far duilleach nan craobh mar b' àbhaist. Sheinn an t-allt a choronach, is rinn a' ghaoth co-sheirm ris am measg nam preas.

Dh'eug bean Dhùn Àlainn. Sheall an t-aosta saobh-chreidmheach caomhail airson rionnaig ùir san speur. Sheinn an t-òg a cliù air gach tulaich ghuirm nuair chruinnicheadh iad aig àirigh nam bò.

Buaireas is Bròn air Fear an Dùin

Cha ruigear a leas iomradh a thoirt air na thachair eadar bàs bean Dhùn Àlainn 's a tòrradh. Bha an dùthaich glaiste fo cheò bròin, is gach duine fo gheasaibh, is glong balbh le tost a' mhulaid orra. Bha fear Dhùn Àlainn air a smodadh gu trom leis. Bha oiseann bog blàth na chridhe nach deach beantainn a-riamh dha. Bha am fonn ùrail torrach, is ghabh e ris an t-sìol. Ghabh, ach bha cunnart am bàrr a laomadh, an grunnd a lagachadh gu grad, 's an droigheann a bha sa chòrr a' sgaoileadh air fheadh. Siud dìreach mar a bha, agus siud mar a thachair.

"Dèan do dhìcheall airson do pheathar." B' iad seo briathran deireannach a mhàthar ri Cailean Òg. Cha do dhìochuimhnich Cailean iad.

Nuair a thuit bean Dhùn Àlainn an galar a bàis, chaidh an leanabh, Mòrag bheag, a dh'ionnsaigh na seann mhnà-altraim a thog Cailean fhèin. Cha robh fear Dhùn Àlainn aig an taigh nuair a thàinig an naoidheag bheag seo dhachaigh, agus mu dhorcha na h-oidhche, latha an tòrraidh, bhuail miann mòr e a dhol ga faicinn. Bha an taigh mu leth-mhìle bhon Chaisteal, ach ghabh e am frith-rathad uaigneach tron choille. Thàinig am bothan beag am follais. Chunnaic e dreòsadh na coinnle tro sgàile dheirg na h-uinneige. Ràinig e ceann an taighe. Sheas e. Dh'èist e. Smaoinich e. Bha aimhreit a' chadail air an leanabh. Bha i pràinneach, agus ciùbharan caoinidh aice. Bha an t-seana-bhean ga tulgan, 's a beul ra chuais a' crònan 's ag òran dhi.

Ciod e a thug air fear Dhùn Àlainn seasamh cho grad? Ciod e a thug air sealltainn san adhar, agus sealltainn san talamh? Ciod e a thug air a bhith ag ochanaich gu goirt, a' fasgadh a dhòrn, 's ga shnìomh fhèin − esan a bha cho cruaidh-chridheach ceann-làidir rag-mhuinealach, agus borb na nàdar a-riamh? Èist!

> "Cha tig Mòr, mo bhean, dhachaigh;
> Cha tig Mòr, mo bhean ghaoil;
> Cha tig màthair mo leanaibh
> Nochd a chadal ri m' thaobh."

Tharraing a' bhan-altraim na facail mu dheireadh a-mach an dòigh a bha dèanamh co-sheirm ri crònan cadalach an leanaibh, 's i air toirt thairis le caoineadh is meacanaich. Rinn seo an sàthadh na bu ghoirte do Dhùn Àlainn. Sheall e air na neòil dhubha a bha a' snàmh gu socrach thar nan cnoc. Theannaich e cromag a' bhata na dhòrn, is ghuil e. "Ò, mo ghualadh, mo ghualadh! A Mhòr, a Mhòr! Nam b' e an-diugh an-dè, a Mhòr! Mo ghualadh, mo ghualadh!"

Ach lean an cumha a bh' air a chur na bheul:–

> "Ist, a leanaibh, 's dèan cadal;
> Thoir fa-near mar a tha:
> Gu bheil do mhàthair fon leacaig,
> 'S mise creachte gu bràth."

Chaidh an t-saighead dhachaigh gus a' bheò. Dh'fhairich Dùn Àlainn an gath na thaobh, is bhrùchd na deòir tro shùilean an duine làidir fhearail. "Mo leanaban, mo leanaban! nach tuig gu bràth gaol màthar. Mo leanaban, mo leanaban beag neoichiontach!"

Shnàgain e gu taobh na h-uinneige, is sheall e a-staigh. Bha seann Chatrìona, 's an leanabh aice gu cùbhraidh ra h-uchd, a beul ra cluais, 's i a' gabhail 's a' dèanamh an òrain mhuladaich seo aig an aon àm.

Bha i na boireannach geur deas-bhriathrach. Dhùisg am bròn 's am mulad a laigh air a h-uile duine san dùthaich mar aon duine, na bha de spiorad na bàrdachd innte, agus cha robh e na chàs leatha facail a chur ri chèile. Is beag a bha a dhùil aice gun robh Dùn Àlainn ag èisteachd fhad 's a bha an cumha ga dhealbh. Is beag a bha fhios aice gun robh a h-uile facal a' dèanamh tuill na chridhe.

"'S gu bheil a cìochan mìne geala
Sileadh bainne ra taobh,
'S i na sìneadh air dèile,
'S a leanabh 'g èigheach rim thaobh."

Cha b' urrainn Dùn Àlainn a làrach a sheasamh na b' fhaide. Ghabh e a-staigh, is aodann air at le caoidh. Dh'fhalbh a h-uile mòralachd a bh' ann le aon oiteig, mar dh'fhalbhas moll bhon fhasgnaig. Cha robh dìol-dèirce cho sìmplidh iriseal ris nuair ghlac e Catrìona 's a leanabh fhèin na dhà làimh fhoghaintich. Thug e greis mun do bhruidhinn e. Ach, mu dheireadh, ars esan, is reachd garbh na mhuineal: "A Chatrìona, a Chatrìona, nach ann orm a thàinig e! Tha fios nach eil ann ach mo thoilltinneas. 'S a chreutair bhig bhrònaich, an tug thu thairis mu dheireadh! 'S òg a chaidh do thearbadh, a rùin, a rùin bhig!" agus e ga cniadachadh.

"Chan eil duine air nach tig dà latha," arsa seann Chatrìona. "Biodh agaibhse foighidinn mhath. Cha deach eallach a chur air duine riamh nach d' fhuair druim ga ghiùlan. Tha 'm beag 's am mòr feumail air achmhasan 's air garbh-chrathadh. Tha an t-ìochdaran 's an t-uachdaran air an aona ghad. Gheibh sinn uile tilleadh san t-saoghal seo, ged nach fhaigh sinn idir ar toilltinneas, is ma nì sinn feum dheth, 's gun till sinn air ar sligheannan ana-ceart truaillidh reasgach, nach ann againn nach eil an t-adhbhar gearain."

B' eòlach Catrìona air Dùn Àlainn. B' eòlach i air a dhroch ghnàthan. 'S iomadh uair a leig a' bhaintighearna chaomh nach bu mhaireann a h-inntinn rithe, is iomadh uair a fhuair i briathran a thug misneach dhi. Ach ged a leig Dùn Àlainn mòrail uaibhreach e fhèin rithe air an àm chudromach seo, agus ged a theirinn e a-nuas an irisleachd a bha co-shìnte ra suidheachadh fhèin, cha do dhìochuimhnich i nach b' e Dùn Àlainn a bh' ann. Cha do dhìochuimhnich i an cuan mòr a bha eatarra, mar uachdaran mòrail làn de fhuil uasail, agus ìochdaran bochd a bha i fhèin 's a sliochd a-riamh a' tighinn beò am mèinn teaghlach Dhùn Àlainn. Cha do dhìochuimhnich: ach bha i geur gleusta, a' gabhail cothruim air an àm thaitneach, a chùm a deagh chomhairle a thoirt da seann mhaighstir, nan dèanadh i feum − is cha bu lugha na fheum, gu dearbh.

"Mòr, Mòr!" theireadh esan, 's e a' sealltainn san ùrlar. "Saoil an robh mi math gu leòir dhi, Chatrìona?"

Chrom Catrìona a ceann, 's i a' turraman an leanaibh. 'S gann nach tàinig fiamh gàire oirre leis a' cheist neònaich. Bha Dùn Àlainn gu dùr-fheitheamh, 's a shùilean 's a bhilean air chrith a' feitheamh ra freagairt. Bu mhath a bha a dh'fhios aige ciod e freagairt a choisinn e, 's a bu chòir dha fhaotainn. Air an àm seo bha e air a leòn, agus bha Catrìona tuigseach gu leòir gum b' e ola chur air an lot a b' fheàrr air an àm. Cha robh an Dùn Àlainn ach fuil is feòil mar dhuine eile, agus mar dhuine eile bha e feumail agus ro-fheumail air iochd is truas a leigeadh fhaicinn dha nuair bha e air uilinn le trioblaid.

"A Dhùn Àlainn, ler cead, chan eil aonta aig neach fon ghrèin air a bheatha. Thig àm gach aoin againn. Cha chùm cumhachd air an t-saoghal seo air ais e. Ma gheibh sinn rabhadh, dèanamaid feum dheth. Dèanamaid buil mhath den latha th' againn. Cha bhuin na chaidh seachad dhuinn. Na bheil romhainn cha leinn. Agus, mar thubhairt mi cheana, dèanamaid buil mhath den àm a th' air a bhuileachadh oirnn. Sin mo chomhairle-sa. Sin mo bheachd-sa, Dhùn Àlainn.

"'S math a thubhairt thu, Chatrìona. Tha sin fìor", 's e a' leagadh a làimh air a guala, 's e a' beothachadh beagan ris. Rug e air na facail mar a bheireas fear ga bhàthadh air badan feamainn, ged a b' e a thoirt leis don ghrunnd a dhèanadh e.

Chualas tartar. Thàinig gnog don doras, agus cò thàinig a-steach ach Cailean Òg agus Màiri. Ghabh iad athadh le chèile nuair chunnaic iad cò bha rompa. 'S gann nach do sheas cridhe Màiri na com nuair chunnaic i Dùn Àlainn na shuidhe an ceann an teinidh. Ach ghlèidh i oirre fhèin. Bha fios aice, cuideachd, nach robh an còrdadh a b' fheàrr eadar e fhèin 's a mhac air a tàilleabh, cho math ris nach robh iad a' tarraing gu ro-cheart còmhla a thaobh iomadh rud eile. Ach air an àm seo bha seòrsa bogachaidh air Dùn Àlainn, is dh'èirich e na sheasamh is chuir e fàilte chàirdeil orra.

"Tha mi tuigsinn fàth ur turais, ach cha robh dùil agam gun tigeadh sibh cho anmoch," arsa Catrìona.

"Cha d' rinn sinn ach tadhal san dol seachad," arsa Cailean, "ach thig Màiri a-màireach a dh'iarraidh na caileige."

Bha Dùn Àlainn is sùil thall 's a-bhos aige eadar an fheadhainn a bha a' bruidhinn.

"Ciod e tha an seo?" ars esan.

"Tha: iarrtas deireannach mo mhàthar," arsa Cailean.

"Ciod e sin?" arsa Dùn Àlainn.

"Mòr bheag a thoirt do Mhàiri ga togail gus an tig an t-àm 's am bi iad le chèile an Caisteal Dhùn Àlainn," arsa Cailean.

Cha do fhreagair Dùn Àlainn, ach cha do chuir e droch ghnùis sam bith air. Bha e mar gum biodh ann ceithir-bhliadhnach de each beò bras, a biodh an dèidh a strìochdadh am boglaich. Bha e anabarrach leagte ri rud sam bith, ach cha robh math mòran earbsa a chur ann. Lùghdaicheadh an t-eallach ri ùine, is bha air a chùl an euchdag a bha e an comas fùdar is luaidhe a chalcadh an àite a' bhròin. Fhad 's a bha an gàd bog, 's ann a b' fhasa a shnìomh. Nuair dh'fhuaraicheadh e, bhiodh e cho righinn 's a bha e a-riamh. B' e an-dràsta an t-àm. Cha robh fios ciod e bheireadh ùine glè bheag mun cuairt. Dh'fheumteadh leis a sin Mòr bheag a chur air imrich gun dàil.

"Chan eil eagal ormsa nach toir Màiri an aire don leanabh, ach 's e bha 'm bheachd a toirt dachaigh," arsa Dùn Àlainn.

"Bithidh i san deagh dhachaigh an-dràsta," arsa Cailean, "is tha gu leòir dhith air uachdar Dhùn Àlainn."

"Chan eil cùram don leanabh," arsa Catrìona. "Bu mhòr am beud droch fhaire fhaicinn aice, is ged nach iarrainn-sa dealachadh am-feasta rithe, tha ceart ceart daonnan, is tha e ceart iarrtas a màthar a dhèanamh."

Sàthadh fada thall eile do Dhùn Àlainn. Sgaoil iad, is air an rathad dachaigh thubhairt Màiri: "Nis, a Chailein, chòrd d' athair na b' fheàrr a-nochd rium, ach tha mi far an robh mi. Nì mi mar dh'earb do mhàthair chaomh rium, ach an còrr –"

"An còrr? Dè an rud?" arsa Cailean.

"Dìreach mar thubhairt mi daonnan, a ghaoil: fhad 's a bhios d' athair beò – nam b' e bha an àite do mhàthar! Nach olc mi?" – agus sheall i air gu blàth neoichiontach gaolach, mìog-shùileach.

Dh'ialaidh a ghàirdean mun cuairt air a muineal is phòg e i.

"Chan eil feum sam bith anns na smaointean faoine sin. Chan fheàrr feòil na feòil, is chan fheàrr fuil na fuil. Tha an uaisle mar ghlèidhear i, is tha an neach a tha ionraic ionnsaichte stuama measail mu chliù, beusach na ghiùlan, onaireach na chleachdadh, cho uasal ris na h-uaislean mar theirteadh. Sin an uaisle cheart, a Mhàiri, is chan i an tè tha fo chomaraich comann nam flath, is nach fhiach mura bi i air a spuaiceadh le stùr is sal is lìon an damhain-allaidh, mar gum biodh seann bhuideal fìona. Seann teaghlach, seann teaghlach! Mo chreach!"

"Nach coma," arsa Màiri, "'s ann riutha thatar a' sealltainn. Seann fhreumh, seann fhuil, tighinn mhath."

"Seadh. Tighinn mhath," arsa Cailean, "math, an caitheamh-beatha, 's an gnìomh, 's an creideamh, 's an creideas."

Cailean Òg is Màiri

Bha Màiri Nic Griogair na h-inghinn cho loinneil shuairce 's a bha eadar dà cheann Siorramachd Earra-Ghàidheal. 'S e bana-mhaighstir sgoile a bh' innte, agus bha i mu dhà bhliadhna an Dùn Àlainn aig an àm seo. B' ann a mhuinntir Shiorramachd Pheairt i. Bha a màthair na banntraich, is bho nach robh duine teaghlach ann ach Màiri fhèin, thug i a màthair leatha gu Dùn Àlainn. Bha iad le chèile cho toilichte 's a bha an latha cho fada, is ged a bha tlachd mòr aig Màiri de Chailean Òg Dhùn Àlainn, cha robh miann sam bith oirre pòsadh an cabhaig. Bha i glic suidhichte ciallach. Bha i beachdail lèirsinneach geur-inntinneach faicilleach, is bha i a' faic-inn cnap-starraidh no dhà an aghaidh pòsaidh aig an àm.

Bha Cailean air bhior. Agus bha Màiri, le bhith ga ghabhail cho foighidneach shocrach, ga fhàgail na bu fhrionasaiche. Bha e mar gum biodh buaidh shònraichte aig nàdar na dithis air a chèile, no, math dh'fhaoidteadh, buaidh shònraichte aig giùlan an dara h-aoin air nàdar an aoin eile, is chan eil e eu-coltach nach fhaodadh Màiri tighinn an coinneamh Chailein ceum na b' fhaide mura biodh i ga fhaotainn cho fìor fhrionasach. Tha sin uile nàdarra. Ach, air an làimh eile, thug a deagh nàdar stèidheil, agus eadhan a' bhuaidh a bh' aig a gaol air Cailean, cothrom dhi air sealladh na b' fheàrr fhaotainn air an t-slighe air an robh i a' dol, agus a h-uile car cam is cnap-starraidh a bh' air an rathad fhaicinn le sùil shocraich chiallaich. Chunnaic i nach robh an t-àm ann. Bha fhios aice gun robh oighre Dhùn Àlainn an airidh air bana-chompanach a b' fheàrr na i fhèin, agus gun robh athair a' cur dubh-chùil rithe mar bhana-chliamhainn, is leis a sin, gum fheàrr an fhoighidinn thràth a ghabhail, agus gheibheadh i furtachd anmoch.

Cha robh Cailean Òg a' faicinn troimhe seo cho math, is bha e air udal gun tigeadh rudeigin san rathad a chuireadh Màiri a dhìth air air fad. Cha robh e ach air fiar bliadhna thar fhichead. Cha robh riamh aige ra lòn a chosnadh no smaointinn air. Mar a dh'èirich do gach aon de sheòrsa a rugadh le spàin airgid na bheul, cha robh sgil aige air an t-saoghal no air a dhoilgheasan. Cha robh de chùram air ach a mhiannan fhèin a shàsachadh, agus is minig a tha sin fhèin na chùram is na thrioblaid don cheann aotrom gun stà. Bha mòran de ghliocas a mhàthar an Cailean Òg, agus ged a bha sin a' toirt a' chudroim a's na bh' ann de Chailean Mòr, air uairean 's e Cailean Mòr a bhiodh gu h-àrd. Bha aon rud ann: gun robh e blàth-chridheach seirceil faireachail, ceart na dhòigh 's na bheachd.

An dèidh dha dol a laighe an oidhche ud, bha mòran a' tighinn fodha. Os cionn gach nì bha bàs a mhàthar, a thìodhlaiceadh an latha ud fhèin. Cha robh Màiri 's e fhèin a' tighinn air a chèile thaobh a' phòsaidh, agus ged a bha e a' faicinn gur h-i a bha ceart, 's gun robh i air a stiùradh le a gliocas ceanalta fhèin, cha robh e buidheach dhith nach robh i, mar gum biodh, toileach tighinn na choinneamh, ged a b' ann gu deuchainnean is cruadal fhèin. Dhearbhadh seo dha, gun teagamh, a gaol airsan, ach cha dearbhadh e an gliocas a bu chòir a bhith am mnaoi a ghabhadh os làimh ceum a thoirt gun fhios càit an robh i a' cur a coise.

Sin an suidheachadh san robh iad le chèile. Bhiodh iad iomadh latha am mèinn athar-san, is nam bu duine e sam faoidteadh earbsa a chur às, bu rud eile e. Ach cha b' e. Cha robh fios ciod e a dhèanadh e an tionndadh na boise, is b' e an gliocas don chàraid òig sealltainn rompa, agus foighidinn a ghabhail. Is iomadh nighean òg nach leigeadh fhaicinn gliocas is ro-fhaicinn mar seo anns a' cheart suidheachadh, agus, an gòraiche na h-òige, leis nach bu ruith ach leum an tairgse a ghabhail air sgàth dìreach ainmeachas aon uair an uaireadair de bhanas-taighe an caisteal mòr for-thollach, for-uinneagach brèagha Dhùn Àlainn. 'S iomadh, ach cha b' ann dhiubh Màiri NicGriogair.

Cha robh Cailean ach ga aoirneagan fhèin san leabaidh mar gum biodh bodachan-sàmhaidh. Dh'èirich e sa mhadainn gun mhòran de fhois na h-oidhche, ach nuair a chunnaic e Màiri feadh an latha, chuir a briathran craiceann a b' fheàrr air.

Bha e nis a' tighinn a dh'ionnsaigh an ama den bhliadhna sam feumadh Cailean tilleadh don oilthigh. Bha ràithe an fhoghair air dol seachad, is dh'fhàg e aig Cailean cuimhneachan glè ghoirt. Thug e leis do Ghlaschu e, ach nuair a fhuair e am measg a sheann chompanach às gach ceàrn den rìoghachd, thòisich an t-eallach air togail dheth. Cha b' e dreuchd a bha Cailean ag ionnsachadh. Bha mòran eile coltach ris nach b' e cnuasachd a bha nam beachd, ach a-mhàin ainmeachas a bhith nan oileanaich mar chloinn dhaoin'-uaisle. Bha mòran dhiubh seo san àm ud, a' rànaich 's ag ùpraid a-sìos 's a-suas Sràid Àird Ghlaschu, far an robh an seann oilthigh ainmeil.

Ged a bha Cailean Òg Dhùn Àlainn glè aotrom, bha nàdar cnuasachd is sgrùdaidh ann, agus bha e a' gabhail tlachd ro mhòr ann a bhith a' sgrùdadh bàrdachd na Grèige 's na Ròimhe, 's gan coimeas ri bàrdachd nan Gàidheal, air nach robh ach cuideachd bhrònach fìor eòlach, 's a bha gu faiteach, ach gu fonnmhor, fo bhlàth an lios nam bàrd, ged nach robh i a' tarraing aire mòrain oirre. Aonaranach 's mar a bha i, lag 's mar a bha i, gun luchd-leanmhainn 's mar a bha i, a freumhan mar a bha iad, sgaoilteach daingeann, anns an aon oiseann is truaighe, is bochdainne, 's as leth-oiriche air an t-saoghal uile gu lèir, sheasadh i an làrach, aghaidh ri aghaidh, ri bàrdachd air bith da gnè.

'S minig a sgrùdadh Cailean an Iliad 's an Æneid, 's a chuireadh e taobh ri taobh iad fhèin is Oisean. 'S minig a smaoinich e ma bha an Ròimhe 's a' Ghrèig air thoiseach air a' Ghàidhealtachd bhig bhochd, an ealaidhean, is anns gach seòrsa callachaidh, gun robh na Gàidheil, anns a' chuibhrinn thìm a bha co-shìnte ri cuibhrinn tìm Homer is Virgil, na b' uaisle nan nàdar, na bu bhàidheala ra chèile, na bu thruacanta ri an nàimhdean, na bu sheirceala ris an anfhann na na Greugaich no na Ròmanaich. Nan giùlan ri mnathan bha iad fad air thoiseach. Cha robh na Ròmanaich a' toirt urram bhan dom ban-diathan, ach bha na Gàidheil a' toirt urram bhan-diathan dan cuid bhan, ged a bha e duilich a smaointinn gun robh cuid a rinn air an cuid bhan mar a rinn Æneas air Dido.

Bha inntinn dhomhain bhreithneachail aig Cailean, ged a bhiodh e, air uairean, air a bhuaireadh gu aotromas is streup nuair ghluaiseadh nì-eigin sònraichte na h-oileanaich gu aramach, a mhilleadh 's a stialladh air feadh prìomh shràidean a' bhaile.

Cha robh uair seach a chèile a gheibheadh inntinn aotromachadh nach b' ann nuair a thigeadh litir thoilichte bho Mhàiri le naidheachdan na dùthcha, agus gu sònraichte ma phiuthair bhig, anns an robh tlachd mòr aige. 'S iomadh uair a gheibheadh e sgeul a chuireadh dorran air, cuideachd, nuair a chluinneadh e buidheann an dèidh buidhne de shluagh ciatach na dùthcha a bhith gam fògar thar a' chuain a dhèanamh àite do chaoraich an toiseach 's a-rithis do fhèidh. Cha b' e a h-uile mac uachdaran fearainn a bha cho fosgailteach tùrail neo-fhèineil ri oighre Dhùn Àlainn an àm an fhògraidh 's an fhuadaich. 'S ann gu mhath fhèin, latheigin, a bhiodh "an t-ath-leasachadh", ach cha robh a chridhe na sgròib, is thionndaidh e gu dùbhlannach air athair is air a' bhàillidh a thaobh na h-obair dhèistinnich a bha a' dol air a h-aghaidh air an oighreachd.

Latha b' fhaide a-mach na an latha ud, chrein Cailean Òg air a cho-fhaireachdainnean ris an t-sluagh, ach tha an còrr de sin ri tighinn. Is minig a thachradh e air cuid de thuath athar air faondradh air sràidean cruaidh Ghlaschu. Fhad 's a ruigeadh a phoca air, dhèanadh e fuasgladh orra. Cha do chaomhain e a-riamh a dhragh no ùine a shealltainn airson àitean cosnaidh dhaibh aig càirdean sa bhaile mhòr, ris an rachadh a dheagh fhacal gu math fada. Dhaibhsan a ròghnaicheadh falbh le an teaghlaichean do thìrean cèin, bheireadh e a bheannachd is leigeadh e ris fhaireachdainnean am blàths 's an coibhneas. An còrr cha b' urrainn dha a dhèanamh aig an àm. Ach bha e an dòchas gum biodh de chumhachd aige latheigin na chuireadh stad air an obair ghràineil a bha ag itheadh na Gàidhealtachd mar an luibhre bhàsail.

Cha robh uair a rachadh e dhachaigh nach robh atharrachadh ra fhaicinn: an sluagh air an sguabadh à baile an siud is à baile an seo, is far an robh, eadhan an-dè, sluagh lìonmhor a' toirt am beathachaidh às an fhonn a leasaich iad fhèin le saothair an làmh, 's a thug iad gu rian 's gu feum, bho riasg is bho rainich, gus an robh blàth a' bhuntàta is diasan a' choirce a' gliostradh sa ghrèin an àite an fhraoich bhadanaich 's na luachrach fheusagaich, chan eil an-diugh ach tobhtaichean falamh is achaidhean lom.

Cha do sheas an dìcheall dad dhaibh. Bha an eucoir a' riaghladh le làimh làidir, is ceartas a' sgreuchail 's a' tuireadh air mullach gach cnuic. Dh'fhàg na h-àrmainn an dùthaich, is thuinich an lag is an t-an-fhann aig a' chladach a thoirt an teachd an tìr as a' chuan mhòr. An sin rinn iad taigheadas mar nach b' olc, agus le fàbhar Chailein, a bha daonnan air an cùl, fhuair iad cleiteagan anns an robh iad a' togail beagan buntàta is arbhair.

Eachann a' Phaca

Mar a dhìricheas an t-iubhar nuair thig an t-sreang dheth, dhìrich Dùn Àlainn nuair a shruth an trioblaid far a ghuaillean. Dh'fhalbh am bròn dheth cho deas 's a thilgeas neach eallach dheth. Eadhan an seachdain no dhà, bha e mar an gòbhlan-gaoithe air foirinn a' chaisteil air altachadh a sgiathan 's ga chriathradh fhèin mun toireadh e an iteag.

'S iomadh breunag air an do thachair e, a h-uile ceum gun tug e, ach thachair e air tè an Lunnainn a chuir an dubh-chapaill air fad air. Agus thachair Dùn Àlainn rithe ann a h-aon de thaighean-cluich a' bhaile. 'S iomadh fear a chuir i sgleò air a shùilean. Cha deach an aodach boireannaich tè bu speisealta 's a b' inniche. Bha a cneas mar an sneachdadh geal, 's a gruaidhean dearg mar chaorann. Bha i cho dìreach ri luachair, 's cho deas sgiobalta chuimir ri earba na beinne. Mhiannaicheadh an snaidheadair a cumadh mar shamhladh dà ghilb, is bha dà shùil dhuinn na ceann cleiteach a mhealladh fear treun. Mheall i iomadh fear. Phòs duin-uasal i, ach chan fhanadh i air, is theich e. Thàrlaidh i mac òg iarla oirre a-rithis, agus phòs iad. An dèidh sin leag i a sùil air Dùn Àlainn. Chuir i tuaineal na cheann, mar a chuireas an neas an ceann an eòin, agus laigh e aig a casan, pòsta 's mar a bha iad le chèile.

Bhiodh i fhèin 's an duine aice gu tric air bhòrdaibh mòra an Caisteal Dhùn Àlainn, agus b' e na mhothaich a' bhaintighearna cheanalta air na turasan sin a dh'fhoghain dhi air fad. Chunnaic i nach robh anns a' bhan-Fhrangaich ach ubhal dhearg na gaoid 's a' bhuairidh, drùiseag, bhlàth- chridheach ma b' fhìor, bheulach mheallach chunnartach a bha a' sgaoileadh a lìn bhradaich anns gach lios a b' fheàrr, 's i fhèin mar an damhan-allaidh na suidhe na mheadhan, na cùis-bhuairidh do gach fear a leigeadh ruith dha fhèin.

Shuidhich i a lìon an Dùn Àlainn nuair fhuair i an caisteal falamh. Nuair nach biodh fear Dhùn Àlainn an Lunnainn, bhiodh a' bhan-chleasaiche 's a fear an Dùn Àlainn. Bu chùis-bhruidhne iad don dùthaich. Bha Cailean Òg air a ghreadadh, ged nach robh math dha bheul fhosgladh. 'S iomadh uair a leigeadh e inntinn ri Màiri nuair bhiodh iad còmhla.

"Cha an eil dòigh air faotainn cuidhteas i ach mise phòsadh agus thusa ghabhail stiùradh an taighe, Mhàiri"

"Cha dèan e feum, cha dèan e feum, a Chailein," arsa Màiri. "Is còir gu bheil deagh bharail agad air a sin cheana. Na biodh smaointinn agad gum faighinn-sa no thusa greimeachas den t-seòrsa sin, ged tha cùisean mar tha iad."

"Chan eil fhios agam carson," arsa Cailean. "Nach beag tha m' athair aig an taigh uair air bith."

"Is beag, is beag, ach cha ghèill gach uair da chèile. Na creid thusa gum bi Dùn Àlainn gun bhean-taighe, ma ghabhas e dèanamh den tè ud. Tha sùil an uilc na ceann. Tha an fhras a' dèanamh, a Chailein. Tha mise cheana a' cluinntinn a fuaraidh agus ga faicinn a' dèanamh san iarmailt."

"Chan eil mi gad thuigsinn, a Mhàiri. 'S ann a tha i ag iarraidh ormsa daonnan pòsadh. Chan urrainn mi sin a chur oirre, co-dhiù," arsa Cailean. "Ach, thallamaid sgrìob a-sìos don chlachan."

Bha an clachan dìreach mu mhìle air falbh. B' e aon bhaile na dùthcha e. Bha gach tàillear, 's gach greusaiche, 's gach marsanta a' fuireach ann. B' e bùth Mhic Iain Bhig aon bhùth a' bhaile. B' e, cuideachd, aon àite cèilidh a' bhaile a latha 's a dh'oidhche. Bha e làn nuair a chaidh Cailean is Màiri a-steach, 's iad a' tarraing às Eachann a' Phaca.

"Tha sinn a' gearan do Eachann an seo, a thaobh mar a tha 'm fear Gallda an dèidh a' ghaoth a thoirt as na siùil aige," arsa Mac Iain Bhig.

"An spliadhaire spàgach," ars Eachann.

"Gheibh mise mo latha fhèin fhathast air. Cha phàigh an obair ud
dha. Stadadh sibhse."

"An d' fhalbh thu dachaigh fhathast, Eachainn," arsa Màiri.

"Cha d' fhalbh," ars Eachann. "Ach tha mi falbh a-nis," 's e a' deas-
achadh air a' phaca. "Tha 'm fear seo cho trom a' falbh 's a bha
e tighinn. Ma thachras am fear Gallda orm air an rathad, bheir mi
an ceann às an amhaich aige. Cha d' fhuair mi sìon bhuam san taigh-
mhòr, a Mhaighstir Cailean, bho na thàinig an t-eun-sìth' ud an
rathad."

"An e am marsanta Gallda, no a' bhean-uasal?" arsa Mac Iain Bhig,
agus na bha a-staigh a' triutan ghàireachdaich.

"A' bhean-uasal!" ars Eachann air a shocair fhèin. "'S i dìreach
a' bhean-uasal, mas i bean-uasal a th' agad oirre, a Mhic Iain Bhig."

Ghàir na bha a-staigh leis an eud a bh' aig Eachann ris an fhear
Ghallda.

"Reic thusa air prìs riaghailtich, is gheibh thu margadh cho math ri
daoine eile," arsa Mac Iain Bhig.

"An e prìs riaghailteach a th' ann a bhith reic air challdachd, a Mhic
Iain Bhig? A bheil thu fhèin a' reic air challdachd, a Bhig Iain Mhic?
Ciamar a thigeadh tu beò, Iain Mhic Bhig?" arsa Eachann, 's e a' cur
nam facal cas mu seach leis a' chabhaig, gus an robh na bha a-staigh
gu bhith marbh leis a' ghàireachdaich.

"Ù!" arsa Mac Iain Bhig, "chan eil duine sam bith a' reic air
challdachd mas urrainn dha a sheachnadh, ach a dh'aindeoin sin,
cha ruig sinn a leas ar bàthar a shailleadh tuillidh 's a' chòir."

"Cò tha ga shailleadh, a ghliug?" ars Eachann, 's e a' gabhail
froinidh, 's gun sin duilich a chur air. "Cha b' ann de na h-eòin thu
fhèin, a ghaisgich, mura togadh tu sop, is chan fhaca mi riamh gum

bu tu a' chiad fhear san dùthaich a reiceadh cearc anns an latha fhliuch. Seadh!"

Ghàir Màiri is Cailean cho math ris a' chòrr nuair chuala iad an urchair a thug Eachann do Mhac Iain Bhig.

"Nach fhaod thu breith air làimh orm?" arsa Mac Iain Bhig, 's e a' sìneadh a làimhe do Eachann.

"Cha bhiodh do phaca-sa cho trom an dèidh do shiubhail mura biodh tu glèidheadh deagh chùram do na cearcan a fhliuch am marsanta Gallda ort. Ho ho ho!" arsa Mac Iain Bhig, 's e bualadh a dhà bhois air a chèile.

"'S dona leam g-g-gun toirinn mo chuid seachad an-asgaidh. Ch-ch-cha chuireadh tusa uchd is m-m-maothan ort, mar a nì thu air cùl eadar chlàir, nam biodh tu reic na bu shaoire na bha thu c-c-ceannach, o chionn fichead bliadhna"

"Tha mise a' reic mar-thà mo choimhearsnaich agus mo sheòrsa, ach chan eil thusa. Chan eil taigh san dùthaich a gheibh thu do shròn a shèideadh ann on a thàinig am marsanta Gallda. Ciod a their thu ris an sin?"

Cha robh Mac Iain Bhig ach a sàr tharraing às Eachann, 's e na dhuine a bhiodh daoine a' tarraing às, co-dhiù. Nuair a bhiodh each ri fealla-dhà, bhiodh esan ri fìor dha-rìreadh, agus fhad 's a bhiodh an deò ann, cha sguireadh e gus am biodh am facal mu dheireadh aige.

Co-dhiù, thilg e am paca an cùl a chinn, sgrog e a bhoineid air, 's a-mach a ghabh e, 's a dhosan a' crathadh mu bhathais mar gum biodh tarbh. Thionndaidh e san doras, agus ars esan: "Oidhche mhath leibh uile, ma-tà, na bheil agamsa, phàigh mi air a shon, ach chan fhaod e bhith nach ann a mharbh am marsanta Gallda fear-pac' eile mun urrainn dha leithid de chunnradh a thoirt seachad: agus 's ann air a tha fìor choltas an t-slaightire. Cha mhòr ri cliù na ban-Fhrangaich gum biodh uiread malairt eatarra. An tràill!"

Ghàir a' chuideachd a-rithis leis cho dùrachdach 's a bha Eachann.

"'S ann a tha choltas a' toirt am chuimhne fear a bheireadh seachdain anns an uaigh. An spàgaire crùbach crotach."

A-mach ghabh Eachann na throtan, nuair thubhairt e siud, seach gum faigheadh Mac Iain Bhig an còrr a ràdh.

"Bi falbh, bi falbh, beiridh Seònaid ort a-nochd, co-dhiù," ghlaodh e às a dhèidh.

Bha sglèat a dhìth Eachainn, agus bha e a' creidsinn gu mòr am buidsichean. Bha e a' cur roimhe gun robh buidheann dhiubh às a dhèidh fhèin, agus b' i Seònaid a bu bhan-cheannard orra. B' annamh uair a rachadh Eachann a-steach do thaigh san oidhche, nach seasadh e greis ri cùl cathrach a' gabhail rann, ga sheunadh fhèin bho na buidsichean. Air uairean, thilgeadh na balaich làn an dùirn de chlachan beaga air mullach an taighe – nam bu thaigh sglèat e. Leumadh Eachann air a dhà bhonn, agus ghlaodhadh e, 's e a' sealltainn am mullach an taighe: "Seo! Tha iad seo air tilleadh a-rithis. Gaoth gun dìreadh orra!" Rachadh e an sin tron uirgheall a-rithis, agus na balaich a' sgiamhail air an taobh a-muigh.

Thachair an dà Bhonn Odhar air a Chèile

Air an rathad dachaigh, agus oidhche bhòidheach chiùin ann, 's iad air achlaisean a chèile, bha Cailean is Màiri a' bruidhinn thall 's a-bhos, agus arsa Màiri: "Chan eil iongnadh orm, cuideachd, mar a tha Eachann bochd a' bruidhinn mu phrìsean an fhir Ghallda. Chan eil sìon na phaca nach eil e a' toirt seachad air a leth-luach. Am fac' thu an currac a cheannaich mi do Mhòir bhig? Cha robh e ach leth-chrùn, agus cha cheannaicheadh deich tastain am baile Ghlaschu e."

"Dh'fhaoidteadh gun do spùinn e bùth, no gun do mharbh e fear-siubhail eile, mar tha Eachann ag ràdh. Cò 'd aig tha fios? Ha ha ha!" arsa Cailean, 's gun e a' gabhail umhail do phrìsean no do bhathar nam marsantan-siubhail.

"Tha mi 'g ràdh riut gu bheil e neònach," arsa Màiri, 's i a' toirt crathaidh air gàirdean Chailein. "Ciod e an sgil a th' aig fir? Tha trogain mhòr eadar e fhèin 's an tè rìomhach sa chaisteal."

"Chan e na bheil i ceannach bhuaidh', ma-tà," arsa Cailean. "An-dà, tha Peigi shearbhanta 'g ràdh, nuair thig e an rathad, gur toir i 'steach da seòmar e, agus nach eil sìon sa phaca nach tionndaidh e 'mach dhi. Nach b' e an dà latha e do Chaisteal Dhùn Àlainn, a ghràidh, a ghràidh!"

"Tha oidhche mhath ann!" arsa guth.

"Tha, oidhche ghasta. An tu tha an siud, Eòghainn?" arsa Cailean.

"'S mi. A bheil sibh brath tighinn air chèilidh?"

"Nach ann bu chòir dhut ar cur dachaigh, ged a bhitheamaid air chèilidh!" arsa Màiri, 's i fhèin is Cailean a' tionndadh a dhol a-steach.

B' e Eòghann a' chìobair fear de thuath Dhùn Àlainn. Bha an taigh dìreach taobh an rathaid, agus bhiodh tathaich mhòr air. Cha robh teaghlach san dùthaich air fad cho còir ri teaghlach Eòghainn. Bha bean an taighe fialaidh suilbhearra, agus cha robh i a-riamh gun "truinnsear ime" agus "leab-fhalamh" aice.

"Thigibh a-nìos! Thigibh a-nìos!" ars ise, nuair chunnaic i Cailean is Màiri.

Bha iad a' bruidhinn thall 's a-bhos mun cuairt an teine nuair a chuala iad tartaraich a' tighinn a dh'ionnsaigh an dorais, agus cò nochd a-staigh ach Eachann, 's e a' draghadh a' phaca eadar na h-ursannan.

"Air do shocair! Air do shocair, Eachainn, mun toir thu an taigh mur cinn!" arsa fear an taighe. "Ciod e air thalamh tha an seo? Feumaidh gun do thachair Seònaid a-nochd ort, co-dhiù, Eachainn!"

"An-dà, gu dearbh, feumaidh gun do thachair rudeigin air!" arsa bean an taighe.

"Chan eil fhios a'm nach do thachair am fear Gallda air," arsa Cailean.

Chuir Eachann a dhà shùil bhioraich tro Chailean, agus, mura b' e Cailean fhèin a bh' ann, bha fhreagairt aige dha.

"Càit an robh thu bho na chaidh thu seachad an seo? Bu chòir dhut a bhith thar na beinne an-dràst'," arsa bean an taighe. "Am fac' thu dad, Eachainn? Innis a-nis, bho nach eil a-staigh ach sinn fhèin."

Ciod e sam bith am faireagan a ghabh Eachann, bha aogasg an uabhais air, agus a h-uile ròin a bh' air a cheann nan seasamh dìreach.

"Chan fhaca mi dad, ach smaoinich mi, bhon a bha i cho anmoch, gum b' fheàrr dhomh tilleadh," ars Eachann.

"Nis," arsa bean an taighe, "cha dèan e feum, Eachainn. Innis ciod e chunnaic thu."

"Chan fhaca dad, sìon," ars Eachann, 's e a' sealltainn am mullach an taighe, 's a' clapail a ghlùinean le làmhan.

"Chunnaic thu rudeigin, a-nis. Cha do thill thu riamh gun reusan air choireigin. Ciod e chunnaic thu, nis? Innis e."

"Ho ho! Nach èibhinn bean an taighe!" ars Eachann.

"Ciod e chunnaic thu, nis, Eachainn?" arsa bean an taighe gu socrach, agus cho làn da-rìreadh 's gum b' èiginn do Eachann, mu dheireadh, tighinn a-mach leis.

"An-dà, bhan-ghoistidh chòir, dìreach bhon a sginnichd sibh asam e, chunnaic mi Eòghann seo an seo! An duin' agaibh fhèin."

"Seadh!" arsa bean an taighe, 's i a' sealltainn mun cuairt air each, 's a' cromadh a-nunn ri Eachann.

"Seo agaibh dìreach fhad 's a ghiorrad mar bha. Nuair bha mi dol seachad an loch, agus dìreach mu choinneamh an Ruadh-phuirt, ciod e chunnaic mi eadar mi 's leus a' tighinn tarsainn an loch ach bàta-ràmh. Ciod e, ma-tà, smaoinich mi, ach gum b' e prosnan de bhalaich a' bhaile bh' ann a' dèanamh aramach air na fèidh san dorcha, agus 's e rinn mi crùban an tom seilich làmh ris an àite an tigeadh am bàta 'steach. Thàinig i dìreach fom shròin, agus cò b' iongnadh leam fhaicinn a sgàth an ràimh-thoisich, agus a' leum a-mach gu ghlùinean san uisge, ach fear an taighe seo."

"Ò Mhoire, Mhoire! Ciod e tha thu 'g ràdh?" arsa bean an taighe, 's i ga dìreadh fhèin 's a' bualadh a làmhan air a glùinean, 's a dà shùil nan seasamh na ceann.

"Bha fear Dhùn Àlainn na shuidhe an deireadh a' bhàta, agus na gillean air fad sa chuideachd."

"Tha rudeigin ann," arsa fear an taighe.

"Chan eil mi gealtach," ars Eachann, "ach chaidh mi air chrith, agus thàinig fallas fuar tromham, nuair chunnaic mi iad a' togail cuirp a-mach às a' bhàta."

"Ò! Ò!" arsa na bha a-staigh, agus iad a' sealltainn an aodainn a chèile.

"Ciod e air thalamh tha seo a' ciallachadh?" arsa Màiri, 's i a' sealltainn air Cailean.

"Tha dreag cuideigin ann," arsa fear an taighe.

"A chiall, a chiall!" arsa bean an taighe.

Chaidh na guthan am measg a chèile, is bha Eachann a' sealltainn bho a h-aon gu a h-aon gus an stadadh iad.

"Chaidh an corp a chur na shìneadh air fàradh, agus lean mi an giùlan gus an d' fhàg e mo shealladh cùl a' bhruthaich. Bha Dùn Àlainn a' coiseachd dlùth na dhèidh, 's a cheum gu math trom."

Ged a rachadh corc ann a h-aon sam bith de na bha a-staigh, cha tigeadh deur fala às. Chuir iad an sealladh daithte a dh'aon taobh.

Dh'atharraich Màiri daithean is dh'fhàs bilean a beòil gorm, ach cha do chuir e Cailean fhèin a-nunn no a-nall. 'S ann a thòisich e air fealla-dhà, a dh'aotromachadh air each, agus air a ràdh gun do shaoil e gum b' e am marsanta Gallda a thachair air Eachann 's a chuir eagal air.

"An cuaran sgreataidh, nan tachradh e ormsa mu siud am meadhan monaidh san oidhche, dhèanainn cleas na circe air," ars Eachann am fìor dha-rìreadh.

Cha robh e duilich do Eachann colg a thogail air nuair mhaoidhteadh am marsanta Gallda air.

An teis-meadhan an t-seanachais cò nochd a-staigh ach am marsanta Gallda fhèin, is cha robh duine a-staigh nach do ghàir nuair a thachair an dà bhonn odhar cho tubaisteach.

Bha barrachd càirdeis eadar biast-dubh agus abhag na bha eadar Eachann 's a choimhirp. Bha a bhlàth sa bhuil. Mun gann a thàinig iad an gaoith a chèile, thòisich Eachann air gnùstail.

"Thig an t-olc ri iomradh, agus 's ann ort a tha a dheagh aogasg, 'ille," ars Eachann.

Bha sin air an fhear Ghallda: dreach a bha oillteil, mar gum biodh e air a lathadh le fuachd.

"Leigibh an duine bochd dh'ionnsaigh an teinidh," arsa fear an taighe.

"An dìol-dèirce truagh!" arsa Màiri, le fìor thruacantas.

Bha Eachann na shuidhe taobh an teinidh 's e a' dol a lasadh na pìoba, is sùil nuagach aige air an fhear Ghallda.

"Dìol-dèirce!" ars esan, air a shocair. "Chan eil air an dearg mhèirleach ach na leisgeulan. Chunnaic mise e tighinn tron mhonadh an latha roimhe, is chan eil fear san dùthaich a bheireadh fiaradh às, a' leum nan dìg 's nam boglaichean. Ach a choma-luath 's a mhothaich e dhòmhsa, chuir e cuag na chois agus druinnean air a dhruim coltach ris an each chrùbach aig Seumas Mòr, agus cha robh ceum aig an t-slaightire an trian na braise."

Am fad 's a bha Eachann a' bruidhinn, bha e a' cumail èibhleig anns a' phìob leis a' chlobha, 's e a' bleobhadh 's a' sèideadh na h-èibhleig 's a' cur dheth aig an aon àm. Bha e mar gum biodh farmad air ris an fhear Ghallda, a chionn each a bhith cho coibhneil ris, 's e cho uireasbhach.

Chuidich bean an taighe a dh'ionnsaigh an teinidh e, ach thàinig tuisleadh air mu chloich an teintein, agus thuit e a-nunn air muin Eachainn.

"Bheil thu faicinn ciod e tha thu an dèidh a dhèanamh a-nis?" ars Eachann, 's e a' putadh an fhir Ghallda bhuaithe le chasan gus an do thuit e na chuail air an ùrlar.

"Èirich, a leirist, èirich!" ars Eachann, 's am fear Gallda a' rànaich.

Chaidh an èibhleag a bh' aig Eachann a-sìos cùl amhaich, is na mnathan a' feuchainn ri fuasgladh a thoirt dha.

Chaidh a losgadh gu h-olc mun d' fhuair iad an teine a thoirt air falbh, agus cha robh ach tòiseachadh air an truaghan a leigheas mar a b' fheàrr a b' urrainn dhaibh.

"An dearbha," arsa bean an taighe, "thèid mis' an urras gun d' fhuair an duine bochd na dh'fhòghnas dha an dà latha seo."

"Chan eil cùram don chealgair," ars Eachann, 's e na shuidhe mu choinneamh, a' cumail pàipeir laiste ris a' phìob. "Is math leam aige aon dad a fhuair e. Cumaidh siud am paca dubh far a dhroma an dà latha seo. Ha ha ha!" ars Eachann, 's e a' togail a chasan 's a làmhan còmhla 's a' sealltainn rathad an fhir Ghallda.

"Tud, tud! Mo nàire ort fhèin, Eachainn, a bhith cho beag faireachd-ainn do d' cho-chreutair. 'S e cleachdadh nan Gàidheal daonnan a bhith coibhneil ri coigrich."

"S e, agus ged is e fhèin," ars Eachann, "nach e sin a rinn tràillean dhiubh, agus a dh'fhàg gu h-ìosal iad: a bhith toirt meas air coigrich thar an cuideachd fhèin."

Rinneas deas deoch de bhainne teth don fhear Ghallda, is, nuair bha e ga h-òl, cha bu lugha a rinn Eachann de chàineadh.

"Cumaibh ris i. Cumaibh ris i. Cumaibh deoch bhlàth ris. Seallaibh, seallaibh! 'S ann a tha e mar gum biodh ann laogh anns am biodh a' chrith."

Cha robh duine a-staigh nach robh call a lùths a' gàireachdaich leis cho dùbhlanach 's a bha Eachann a' dol ri càineadh an truaghain dhuine.

"Seo, seo! Saoil nach bi greis mun tèid am paca bradach a-suas," theireadh esan.

"An cuagaire spàgach! Nan robh fhios a'm ciod e Bheurla th' air 'peircle briste,' dh'abrainn ris e. 'Trupens, trupens.' B' e sin a' chànain. 'Trupens' air trì sgillinn."

Cha robh duine fo chromadh an taighe nach gabhadh ceangal le snàthainn, 's iad ag èisteachd ri Eachann a' càineadh an fhir Ghallda.

Cha robh fhios ciod e dhèanteadh riutha an oidhche ud an taigh Eòghainn. Bha Eachann mar bu trice a' dèanamh a dhachaigh san uaimh mhòir taobh a' chladaich air taobh-cùil a' bhaile. 'S e "Uaimh nam Farbhalach" a theirteadh rithe, a chionn gum biodh a h-uile coigreach a thigeadh don cheann dùthcha a' fuireach innte. Cha robh Eachann ach gann uair air bith gun chompanach, agus glè thric bhiodh aon leth-dusan a' cur suas innte aig àm. Cha robh àite-còmhnaidh cumanta san dùthaich san àm ud cho co-fhurtachail blàth seasgair ri Uaimh nam Farbhalach, agus anns na seann linntean, is iomadh càraid a thog an teaghlaichean innte gus am faigheadh iad taigheadas a b' fheàrr a chur suas dhaibh fhèin. Cha robh a doras a bheag na bu mhotha na doras taighe, agus bha i fada farsainn na broinn. Bha deagh ùrlar dòrnag innte, agus luidhear nàdarra bha a' dol a-mach am bearradh na gheodha mòr domhain. Bha an doras ach gann an oir na tuinne, 's air a dhìon bho chathadh na fairge le stac den chreig. A-mach o gun robh Uaimh nam Farbhalach duilich a thoirt a-mach san dorcha, cha robh àite-còmhnaidh san dùthaich bu sheasgaire na i. Agus air cho fiadhaich

’s gum biodh an stoirm, cha robh i an cunnart a rùsgaidh fhad ’s a sheasadh na cnuic.

B’ e seo dachaigh Eachann a’ Phaca.

Air an oidhche seo, chaidh leabaidh an t-aon a dhèanamh dha fhèin ’s don fhear Ghallda an ceann an t-aon den t-sabhal, agus an uair a thàinig àm dol mu thàmh, thòisich an iorghail aig Eachann a-rithis.

“An e mise!” ars esan.

“An e gun caidlinn-sa fo dhruim an aon taighe ris a’ mheantran chealgach sin! ’S mise nach earbadh m’ amhach ri onair an t-slaightire!”

“Ud, Eachainn, an duine bochd uireasbhach. Ciod e tha thu a’ smaointinn a dhèanadh e?” arsa bean an taighe, ’s i plùchadh a-staigh na gàireachdaich, ’s am fear Gallda gu crom truagh na shuidhe taobh an teinidh, uilinn air a ghlùinean, ’s a cheann eadar a dha bhois.

“An e sin!” ars Eachann. “Na h-earbaibh leam e. Leabhra! Dhèanainn cleas Shamsoin air na Phileastaich air: an sabhal a leagadh mu chlaigeann,” is e a’ maoidheadh a dhùirn ris an fhear Ghallda.

“Èirich thusa ’mach còmhla ris, Eachainn. ’S ann a chumas e na buidsichean uat. Thig mun seo, ’ille,” arsa bean an taighe ris an fhear Ghallda.

“Faodaidh mi sin, ach bidh mo leabaidh an cùl a’ ghàraidh a-nochd. Tha fios aig Eachann ciod e tha e dèanamh,” ars esan, ’s e a’ togail a phaca na achlais.

Dh’èirich am fear Gallda, cuideachd, is nuair a bha Eachann a-mach an doras, sheas e is thug e sùil na dhèidh air.

“Seo, seo! Seallaibh a-nis e. Nach ann aige tha an tighinn èiginneach! Cha chuir esan seachad an oidhche nochd an sabhal fuar frògach.”

Mun do leig Eachann na facail às a bheul, bu siud a thuit am fear Gallda 's am paca nan aon ghlag air an ùrlar. Thòisich e air ròcail 's air castaich 's air crathadh a chasan 's a làmhan, is a dhà shùil air tionndadh na cheann.

"Seo!" ars Eachann. "Seo! Nach math a nì e danns' a' chlaidheimh air a dhruim dìreach! Hùidh hùidh! Hì hì! Suas i, 'ille.

> 'Gille Calum, dà pheighinn,
> Gille Calum, bonn a sè,'

ars Eachann, 's e a' gàireachdaich, 's a' canntaireachd, 's a' gearradh ghailleag, 's a' dannsadh san doras.

"Marbhphaisg ort fhèin, Eachainn! A' dol air d' aghaidh air an dòigh sin, 's tu faicinn suidheachadh an duine bhochd," arsa bean an taighe, 's i fhèin 's na bha a-staigh mun cuairt air an fhear Ghallda. An ceann tacain, thàinig e mun cuairt, agus cha robh ach seid a dhèanamh dha taobh an teinidh anns a' bhlàths.

"Seo," ars Eachann, "bithidh agamsa an sabhal dhomh fhèin, ged nach eil e cho seasgair ri taobh an teinidh. Oidhche mhath leibh, a chuideachd, tha fios gu bheil giamhannan annamsa, mi fhèin, ged nach e an seòrs' ud. Chan eil dad air an t-slaightire."

Dh'fhalbh Eachann, 's e bronnagail roimhe gus an deach e a-staigh doras an t-sabhail.

Air dol a-mach a dhol dachaigh do Mhàiri is do Chailean, bha gàireachdaich chridheil aca riutha fhèin air Eachann 's air an fhear Ghallda.

"Chan eil mi creidsinn idir san fhear Ghallda," arsa Màiri.

"Ma 's da-rìreadh e," arsa Cailean, "'s e culaidh-thruais a th' anns an dìol-dèirce, ach mas ann a' gabhail air a tha e, 's e cleasaiche barraichte th' ann."

"Cha do phàigh a thratan ro mhath dha a-nochd," arsa Màiri.

"Cha do phàigh" arsa Cailean.

"Dh'fhàg Eachann comharra na chuideachd a bheir e leis don uaigh. Cinnidh ainfheoil cùl amhaich an dèidh siud, a bhios cho mòr rim bhois. Ho ho ho! Ach cha chòir dhomh bhith gàireachdaich."

Ach cha b' urrainn do a h-aon den dithis cumail o ghàireachdaich, a' cuimhneachadh air cho dùbhlanach 's a bhreab Eachann am fear Gallda bhuaithe, 's e a' cumail na h-èibhleig ris a' phìob, 's gun mhìr truais aige dha.

"Cha mhòr nach do thuit mi." Agus ghàir Màiri.

"Cha robh fhios a'm fhèin ciod e theirinn. E cur an fhir Ghallda bhuaithe mar gum biodh an cù." Agus ghàir an dithis còmhla air na cleasaichean a thachair riutha cho tubaisteach.

Nuair ràinig iad an taigh-sgoile, chaidh a h-uile car aithris is ailis do mhàthair Màiri, agus ghair an comann gus an do dhùisg iad Mòr Bheag anns an t-seòmar.

Mort sa Bheinn-sheilg

An ceann mìos, no uime sin, an dèidh an t-seallaidh a chunnaic Eachann, dh'èirich breamas a-mach sa choimhearsnachd, a chuir ach gann stad air anail gach duine san dùthaich.

Bha muinntir an taighe-mhòir an latha seo, mar a b' àbhaist, sa bheinn a' sealgaireachd a' choilich-dhuibh, na h-easaige, 's na ruadh-chirce, a bha cho lìonmhor air oighreachd Dhùn Àlainn. Co-dhiù b' ann le tuiteamas, mar a dh'fhaodadh a bhith, no le comhairle shuidhichte, mar a bha mòran am beachd, no ciod e mar, mar a bha e na cheist leis a h-uile neach, chaidh an duine aig a' bhan-Fhrangaich a mharbhadh le urchair.

Cha robh sa mhonadh an latha ud ach e fhèin is fear Dhùn Àlainn is triùir ghillean. Dh'èirich an tuiteamas seo a-mach mu mheadhan-latha, nuair bha an t-seilg greis na stad, 's a' chuideachd a' gabhail grèim bidh. Chualas an urchair, ach cò loisg i cha robh fios no crois. Bha an triùir ghillean aig an àm nan suidhe leotha fhèin am fasgadh nan craobh 's iad a' biadhadh nan con. Cha robh an cuideachd an t-Sasannaich ach Dùn Àlainn a-mhàin, agus, gu nàdarra, leagadh amharas trom air. Cha do thachair driodart den t-seòrsa seo riamh roimhe an Dùn Àlainn, agus cha robh duine fad mhìltean air gach taobh den loch air nach do chuir e glong agus oillt.

Bha an sluagh eòlach air a chèile fad na sgìreachd. Bha an t-aon a bu bhochda 's a b' irisliche a-riamh, a' strì ris an aon bu bheartaiche 's a b' fheàrr dheth, a chùm cliù is deagh bheusan a shinnsearachd a leantainn, agus an cumail uile gu lèir foirfe glan gun smal. Bha e a' dèanamh strì, mar an ceudna, ri an liubhairt sìos da shliochd, mar dhìleab cùbhraidh gun mheang, mar a shìneadh a-nuas dha fhèin i bho na linntean a dh'fhalbh o chian, le athchuinge dhùrachdaich a cumail gun smal fhad 's a bhiodh i fo chomraidh-san.

Sin gnè a' Ghàidheil, agus b' e gnè muinntir Dhùn Àlainn e, agus gnè nan coimhearsnach mun cuairt air fad. Bha iad ionraic glan teisteil nan caitheamh-beatha, a' strì ra chèile airson cliù is meas is deagh bheus, gun sgil air an truailleachd, no air a' mhosaiche, a bha glè bhitheanta air an taisbeanadh am measg mòran de na h-uaislean, agus air an gairisinneachadh nuair a dh'èireadh rud sam bith a-mach à àite sa choimhearsnachd.

Mar bheithir à speur gun smal, thàinig an driodart a thachair am beinn na seilg air muinntir Dhùn Àlainn. B' e bu chuspair anns gach àite san tachradh còmhlan air a chèile. Cha robh neach a bheireadh a bharail gu follaiseach, ach bha a bharail fhèin aig gach neach.

"Nach fhad o na thuirt mise riutsa, Chailein," arsa Màiri, "nach robh a' bhan-Fhrangach na sùgradh. Tha rudeigin nach eil ceart a' dol air aghaidh sa chaisteal, agus is mòr m' amharas gun robh an tuiteamas seo, ciod e sam bith mar a thachair e, air a dheagh dhealbh o chionn iomadh latha. Bha an truaghan amaideach ud anns an rathad. Cuimhnich thusa mar thubhairt do mhàthair chaomh riut air leabaidh a bàis: 'Thoir an aire dhut fhèin.' Cuimhnich, a Chailein. Cuimhnich is thoir an aire dhut fhèin. Cha bhi dad an rathad nam biastan ud nach sguab iad air falbh. Cuimhnich."

"Is math tha mi a' faicinn ciod e tha dol," arsa Cailean. "Chan eil ach an aon rud gam chumail gun an dùthaich fhàgail: thusa, Mhàiri, agus Mòr bheag mo phiuthar"

"Chan eil cùram dhuinne, ach seall thusa ort fhèin. Cha fhreagair an còrr an-dràst'. Feumaidh sin feitheamh ris an àm cheart. Chan eil dad a' dol dhinn. Is fhasa iomram leis an t-sruth na na aghaidh. Gabhamaid gu socrach e, agus, an cùrsa nàdair, thig sinn gu acarsaid shàbhailte, latheigin."

Bha Màiri a' tighinn a-mach leis na facail mar gum biodh i a' bual-adh tarraing an siud 's an seo air a ceann. Bha Cailean a' cur meas mhòir air a tuigse, air a comhairlean, 's air doimhneachd a cinn, agus bha e ag aomadh gus a bhith leagte ra briathran. Nan diùltadh athair pung a bha roimhe, a chur mu choinneamh, bha inntinn suidhichte air an ath-cheum a bheireadh e.

Air feasgar an latha air an do thachair an driodart ud a chuir a leithid de sglèamas air gach duine, bha Eachann a' Phaca agus dithis eile de luchd-siubhail gan garadh fhèin gu seasgair mu choinneamh teinidh mhòir bhrèagha an Uaimh nam Farbhalach. Bha am feasgar fàileanta fuar, 's iad a' gabhail ris a' bhlàths air fad, 's a' deasbad 's a' sgrùdadh na driodairt bhochd a thachair, agus an grolamas grànda dhaoine a bha a' leantainn an uachdarain.

"Fhaicibh! Is ann ran linn a thàinig am marsanta Gallda fhèin, an tanasg truagh," ars Eachann.

"Gu dearbh, 's ann, agus tha iad ag ràdh gu bheil a' bhean-uasal glè bhàidheil ris cuideachd. Chan eil uair a thèid e rathad a' chaisteil nach òrdaich i sìos don t-seòmar e, agus tha i daonnan a' ceannach bhuaithe," arsa fear de na bodaich.

"Sin rud nach dèan i riumsa, a' bhean-uasal – no a' bhan-tràill, 's e theirinn rithe – ged tha mi mhuinntir na h-oighreachd," ars Eachann.

"Chan ann de na h-eòin thusa, ge-ta. Tha daonnan barrachd meas air eun fuadaich, agus sònraichte a rèir na gaoithe a shèid don dùthaich e," arsa fear eile de na bodaich.

"Ciod e bhochdainne an spàgail a tha 'n siud?" ars Eachann, 's an triùir fhear a' cur mùgain orra is sgàil len làmhan air an sùilean, 's a' sealltainn rathad an dorais.

Cò thàinig a' spàgail a-steach ach am marsanta Gallda!

"Ò, chuideachd, a chuideachd! Ciod e tha an seo?" ars Eachann. "'S ann a shaoil mi gum b' e gèadh, 's a cas briste bha san làbarachan, leis an treathail a bh' air am measg nan clach."

Leag am fear Gallda dheth am paca, is shlaod e e fhèin a dh'ionnsaigh an teinidh, gun chuireadh, gun iarraidh.

Cha robh Gàidhlig aige, ach bha Beurla gu leòir aig fear de na bodaich. Dh'innis am fear Gallda, an guth pìochanach truagh, gun robh roimhe dol gu taobh thall na dùthcha, ach leis a bhith cho anmoch, is e cho uireasbhach na choiseachd, gum b' fheudar dha dèanamh mar a rinn e uair no dhà roimhe: tighinn a chur seachad na h-oidhche san uaimh.

"Bha e an ceàrdaich a' ghobhainn roimhe, tha mise tuigsinn, ach 's ann nuair nach bithinn-sa innte," ars Eachann.

"Ù! Bithidh sinn uairean air teinteannan coimheach air fad," ars an dà bhodach eile a beòil a chèile. Anns a' bhruidhinn a bh' aca, thuit am fear Gallda eadar iad 's an teine, mar a rinn e roimhe an taigh Eòghainn a' chìobair. Thòisich e air crathadh a chas 's a làmh gus an do spread e a h-uile srad a bh' air a' chagailt feadh an ùrlair. Leis an oillt a ghabh na bodaich, a-mach an doras a thug iad, 's an dara fear a' tilgeadh an fhir eile às an rathad air.

"A mhic chridhe! Tha siud uabhasach. 'S i an tuiteamach a th' air," arsa fear de na bodaich.

"An robh cobhar mu bhus?" arsa fear eile dhiubh.

"Falbh thus' agus seall," ars Eachann.

"'S ann leam nach toil dol na chomhair no na fhaisg," ars an treas fear. "Tha duine thèid a chomhair na feadhnach ud, buailteach air an tuiteamaich e fhèin, tha iad ag ràdh."

"Tha mi faicinn gur feàrr sguab na adag dheth," ars Eachann, "ach, eadar dhà sheanchas, ciod e mum phaca-sa? Tha sibhse ceart gu leòir. Tha ar cuid den t-saoghal air ar dromannan."

"Nach feàrr sealltainn a-staigh feuch ciod e mar tha dol dha?" arsa fear de na bodaich.

Chaidh an triùir air an socair a dh'ionnsaigh doras na h-uamha. Bha h-uile fear a' dèanamh uiread starbain 's a b' urrainn dha, am measg nan clachan le chasan, a' gabhail air gun robh e 'g iarraidh bhith air thoiseach, ach daonnan a' tuisleachadh thall 's a-bhos, a thoirt ùine do fheareigin eile dol roimhe, 's iad air fad air an oillteachadh. Nuair ràinig iad doras na h-uamha, cha robh iad ach a' sealltainn thairis air guaillean a chèile, seachad air an ursainn.

"Tha e an siud fhathast," arsa fear.

"Tha e socrach, co-dhiù," arsa fear eile.

"Ma-thà, chan eil e sàmhach," ars Eachann. "'S ann a tha e a' gaoth-anaich mar gum biodh ann mart a bhiodh an dèidh lìonadh oirre fhèin am pollaig-bhuntàta. Nach cluinn sibh e, fheara."

"Tha e cunnartach gun tèid e ri theinidh an siud," arsa fear de na bodaich.

"Ri theinidh!" ars Eachann, 's e a' sìneadh amhaich seachad air each a dh'fhaotainn seallaidh a b' fheàrr. "Chan eil fhios ciod e bha dol ri theinidh. Ged a bhiodh an riochdal grànda ud an àtha cheilpeir cha dèanadh e ach fàs dearg, mar gum biodh ann bobhta de iarann, an tràill."

Co-dhiù, shnàgain Eachann a-steach gus an d' fhuair e grèim air a phaca. Ghabh iad, an sin, comhairle chèile feuch càit an cuireadh iad seachad an oidhche, gun an còrr dragh a chur air an uaimh mhòir.

Bha uaimh eile faisg a làimh anns a' chladach tholgach. Chruinnich iad connadh gu math èigneach anns an dorcha, agus ged nach robh a choltas orra a bhith ro chofhurtachail san àrdraich fhuair fhuaraidh, far an robh fraighneadh ris na balachan sgorrach, agus boinne-taig air an t-snighe air an ùrlar gharbh chlachach, fhuair iad fraon nach b' olc idir, ri linn na h-èiginn.

Cadal cha robh iad a' faotainn, nan leth-shìneadh air na sonna chlachan.

"An-dà, tha dùil a'm," ars Eachann, "gun tèid sinn a shealltainn ciod e mar tha dol don chliaranach a dh'fhàg sinn ga ghrèidheadh ris an teinidh. Thallaibh, fheara!"

Ràinig iad doras na h-uamha mòire gu fàillidh. Ach bha mo laochan an dèidh teine ùr fhadadh, 's e na shuidhe ga gharadh fhèin gu socrach toilichte coltas.

"A dhearg-chealgair! A shlaightire gun nàire! Fhuaras a-mach do thratan bradach, mu dheireadh. Cha bu lugha riamh na mo bharail ort, a mhèirlich, agus thig dìreach a-mach a seo," ars Eachann, 's e a' dèanamh ultaich den fhear Ghallda, mar gum biodh aige ann leanabh, agus ga thogail a-mach gus an do thilg e measg nan clachan e, 's e a' sgreuchail 's a' sgreadadh mar gum biodh cearc air am beirteadh. Thilgeadh am paca a-mach às a dhèidh, is cha robh aige ach a bhith sporghail feadh nan dòirneag gus an tug e a-mach an uaimh a dh'fhàg càch, le bhith a' stiùradh air a' bhoillsge sholais a bha a' tighinn bhuaipe.

Chuireadh an oidhche seachad gun an còrr dhriodartan, is anns a' mhadainn ghabh gach fear a rathad fhèin.

Cò Mharbh Seumas Weldon?

Bha an dùthaich uile fo phràmh an dèidh an tuiteamais a thachair an latha roimhe siud. Bha e am beul gach fir is mnatha anns gach àite an tachradh iad. Ciod e mar thachair e? Am bu tuiteamas da-rìreadh e? Cò ris an luaidhear e? Am b' e Dùn Àlainn? Am b' i bean an duine fhèin? An robh an nì uabhasach air a dhealbh, is an robh cuideigin eile cùl làimhe?

B' iad seo na ceistean a bha a' tighinn am bàrr, ach b' iad ceistean ris an robh daoine glice a' crathadh an cinn gun am freagradh.

Thàinig an luchd-lagha à Inbhir Aora. Rinneadh garbh-rannsachadh. Cheasnaicheadh gach aon a bha mun cuairt na làraich, ach cha d' fhuaireadh fianais thaisbeanach an aghaidh duine. Chuala an triùir ghillean an urchair. Leum iad air am bonn sa mhionaid. Bha Dùn Àlainn ag òl dighe a sruthan mu thrì fichead ceum air falbh. Chunnaic na gillean a' tighinn na ruith e a dh'ionns-aigh an duine. Bha e an uair sin mu dhà fhichead slat bhuaithe. Bha na gunnachan ri taic creige mu fhichead slat don fhear a chaidh a mharbhadh, agus air an taobh dheth air an robh Dùn Àlainn. Chan fhacas duine eile mun cuairt, ged a dh'fhaodadh neach a bhith am measg nam preas. 'S gann a bha ùine aig Dùn Àlainn an urchair a losgadh, ruith sgonn air ais, 's a bhith san làraich san robh e, nuair a chunnaic na gillean e. Bha a' bhan-Fhrangach a-mach a' chuid bu mhotha den latha, agus anns an àm air an d' èirich am breamas a-mach, ach bha i a' dealbhadaireachd, a rèir coltais, caigeann mhìltean air falbh. Cha d' ionndrainneadh duine sam bith eile a's a' choimhearsnachd. Bha amharas trom aig gach duine san dùthaich air fear Dhùn Àlainn. Bha amharas, cuideachd, air mnaoi an duine fhèin − a' bhan-Fhrangach − ach cha robh fianais nan aghaidh. Rùraich is rannsaich is cheasnaich an luchd-lagha, ach eadar gach tuasgladh, 's gach eunach, 's gach forradh a rinn iad, bha fòtas anns an fhianais.

B' i, leis an sin, a' cheist do-fhuasglaidh a bha am broilleach gach fir is mnatha san sgìreachd: "Cò mharbh Seumas Weldon?" Na b' fhaide na sin cha deach a' chùis. Bha Dùn Àlainn na dhuine cumhachdach san tìr. Mar a bha a h-uile fear da sheòrsa san àm, bha caraid aige sa chùirt, agus, mar an ceudna, bonn na sporan. Gheibheadh, an uair ud, an t-uachdaran às gu reamhar garbh far nach fhaigheadh an t-ìochdaran às ach gu cumhang caol, agus leis an sin, chaidh an nì a phlùchadh seachad gu maol marbh. Chaidh, ach bha am beachd fhèin aig an t-sluagh. Cha robh iad an teagamh nach deach foill a chluich. An dèidh beagan ùine, dhaingnicheadh na beachdan seo nan cridheachan.

An dèidh bàs a fir, thug a' bhean-uasal Lunnainn oirre. Cha b' fhada gus an do lean Dùn Àlainn i, agus mun deach an t-ath-earrach gu math na thaigh, thàinig an dithis dachaigh, guala air ghuala, 's iad pòsta: Fear Dhùn Àlainn agus Bean Dhùn Àlainn.

Cha robh duine air nach robh sglèamas. Ghabh Cailean Òg gu mòr gu cridhe e. Cha robh fios aige ciod e an àirde às an cuireadh an ath-oiteag, is cha robh e ach air ais 's air aghaidh gu Màiri, a leigeil inntinn rithe agus a ghabhail a deagh chomhairle.

"A bheil cuimhne agad an oidhche bha sinn a' tighinn còmhla às a' chlachan?" arsa Màiri ri Cailean.

"Tha," arsa Cailean.

"Agus nach tubhairt mise riut gun robh mi faicinn na froise dèanamh?"

"Thubhairt."

"Agus nach tàinig m' fhàisneachd air a cois?" arsa Màiri.

"Thàinig, mas e na thachair a bha thu ciallachadh."

"'S e, agus creid thusa mise, Chailein, gu bheil clò na tè ud sa bheairt, is nach tug i fhathast an urchair mu dheireadh don iteachan. 'S math a chunnaic do mhàthair chaomh seo. Gabh thusa a comhairle is cùm do dhà shùil fosgailte."

"Gun teagamh, a Mhàiri. Ach ciod e tha thu 'g iarraidh orm a dhèanamh? An e an dùthaich fhàgail?" arsa Cailean.

"Dìreach sin, gus an tig an t-àite gu d' làimh fhèin" arsa Màiri.

"Tha thu cur iongantais orm. A bheil thu fàs sgìth dhìom? An do chuir na thachair a'm theaghlach gràin ort rium? A bheil thu an dùil cùl a thoirt rium? An e sin an dòigh air faotainn cuidhteas mi? An e, Mhàiri? An e? Innis. Innis gu grad," arsa Cailean bochd, 's e an dara h-uair a' fàsgadh a dhòrn 's an uair eile a' cniadachadh 's a' clapail Màiri 's ga tarraing a-steach ra uchd.

"A Chailein, a ghaoil!" arsa Màiri, 's a dà làimh mhìn air gach guala da leannan, agus a dà shùil bhòidheach a' sealltainn gu dùrachdach na aodann.

"Biodh gliocas a'd cheann. Èist, agus glac foighidinn. Ciod a dh'iarr eadhan do mhàthair ort?"

"Thusa a phòsadh," arsa Cailean, is e ga ceapadh.

"Seadh! Ach cuin? Tha thu an toiseach ris an aire thoirt dhut fhèin, gun mise bhith anns an rathad, cho math riutsa. Tha mise ag innseadh dhut nach bi cnap-starraidh an aghaidh na tè ud," arsa Màiri gu socrach ciùin glic.

"Ciod e mar bhiomaid na rathad?" arsa Cailean.

"Nach robh a fear anns an rathad orra?" arsa Màiri. "Tha fios aice mun cuairt oirnne, agus mura sgaoil sinn fhèin, sgaraidh ise sinn."

"Cuiridh mi chuige iad le chèile, co-dhiù, feuch an tuig mi ciod e tha nam beachd," arsa Cailean.

Dh'fhàg a' chàraid òg a bha an gaol cho mòr air a chèile, beannachd aig a chèile.

Bha Cailean na shuidhe na sheòmar a' smaointinn 's a' cnuasachd, 's a làmh fo lethcheann, nuair cò thàinig a-steach gu sìobhalta suairce banail, ach a mhuime. Shuidh i air cathair làmh ris, agus a' cur a làimhe gu blàth coibhneil air a ghlùin, chaidh i a-steach an seanchas ris, an dòigh a thug air Cailean bochd a bheachd atharrachadh oirre car tacain.

"Tha thusa nis, a rùin," arsa ise, "aig aois thùrail duine. Chaill thu do mhàthair nuair bha thu aig inbhe nach dìochuimhnich thu i, agus, gu nàdarra, bithidh mise leat an toiseach mar mheall fuar sneachd."

Thug na briathran seo tiomadh air Cailean.

"Tha mi 'n àite do mhàthar. Cha lìon mi a h-àite ann ad chridhe-sa, ach cò their gu h-olc rium ma bheir mi na h-oidhirpean gu ceart dleasnach, a chùm 's nach fairich thusa no do phiuthar call ur màthar."

Bha Cailean ag èisteachd, 's na deòir na shùilean, 's e a' smaointinn nach b' urrainn boireannach a bhith na bu bhlàithe 's na bu tlusala na a' mhuime seo a bh' air a coimeas ris an uaigh fhuair an-iochdmhoir.

Ach lean ise oirre.

"Nis, a rùin, dèan thusa dachaigh dhut fhèin sa mhionaid. Chan eil an sin ach ceum nàdarra, agus, le ceartas, tha còir agad air a dhèan-amh ged nach tachradh seo idir. Chan eil nas grinne na do leannan, agus dèan bean do thaighe dhith gun dàil. Bheir d' athair dhut fear de na bailtean a tha e an dèidh a rèiteachadh, ach gus an tig an latha, an cùrsa nàdair, anns am bi thu nad fhear Dhùn Àlainn – an latha sin anns an tèid mise, mas mi bhios air deireadh air d' athair, do thaigh tùrsach na banntraich."

Nuair bha Cailean leis fhèin, 's e a' sràidimeachd air an ùrlar, 's a dhà shùil san làr, bha e ag ràdh ris fhèin nach b' urrainn bana-charaid tachairt ris a b' fheàrr na a mhuime.

"Tha, tha," theireadh e ris fhèin, le toil-inntinn gun toireadh i athair mun cuairt air a thaobh, "tha 'm beachd ceàrr againn oirre air fad.

Boireannach gasta. Boireannach tùrail. Boireannach tuigseach. Tha 'm beachd ceàrr againn oirre. Tha, chan eil teagamh ann."

Agus 's ann a bha aithreachas air a bhith a' cur eucoir sam bith às a leth. Ach thàinig latha eile, is cha b' fhada chuige.

Thug e sràid a-mach. Chunnaic a mhuime e, 's i a' sràidimeachd na seòmar fhèin. Bha i a' figheadh an lìn anns an rachadh Cailean, 's i an dèidh an laghan a thoirt às a' chiad sreath mhogal.

"Ha ha," ars ise, 's i a' sràidimeachd feadh an ùrlair, is cearb de shròl rìomhach na làimh chlì, 's i sèarsalachadh na tè eile mar gum biodh i air ùrlar taigh-cleas, is na ceudan ga feitheamh 's ga h-èisteachd. "Ha ha, 'ille mhaith! Cha bhi thusa tighinn a'm rathad-sa nas motha na càch. Is mise nis bean laghail Dhùn Àlainn, is leigidh mi fhaicinn, air mo shocair, agus gu sàmhach, gur mi. Ha ha! Gheibh thusa cead do choise. Thoir do Mhàiri ruadh NicGriogair leat, ma thogras tu, ach cha bhith sibh mum choinneamh-sa. Cha bhi, no cha mhise Mariette Wolfe – hm – NicColgain – Ha ha. NicColgain, gu dearbh! Baintighearna Dhùn Àlainn. Ha ha! Ach nì mise Dùn Dòrainn de do NicGriogair ruaidh, agus do thuilleadh 's i, mum fairtlich orm. Ise! Is esan! Gu dearbh!"

"Ho ho! Mo chaileag! Mo bheanag! Mo dhèideag! A bheil thusa an seo leat fhèin?" arsa Dùn Àlainn, 's e a' tighinn a-steach 's a' cur a dhà làimh mun cuairt oirre, 's e ga pògadh 's ga slìogadh. "Shaoil mi gun robh Cailean leat."

"Bha," ars ise gu blàth mìogach 's i a' slìogadh aodainn le basan mìne geala, 's i a' sìneadh a-suas a beòil chuige ga phògadh, "Bha, ach tha e an dèidh dol a-mach. Bha mi dìreach a' toirt comhairle màthar air," is fad na h-ùine a beul ra bheul ga phògadh gu gaolach.

"Seadh!" ars esan 's e ga plùchadh ris.

"Bha mi 'g ràdh ris gum bu chòir dha a bhan-chompanach a thagh-adh à nead a b' fheàrr na an nead a tha e tadhal."

"Seadh! Is ciod e tha da-rìreadh na bheachd?"

"Tha na beachd an rud a bha na bheachd o chionn bhliadhnachan: NicGriogair thoirt dachaigh. Dh'fheuch mi a thoirt às, ach às cha tig e. Nach bochd an gnothach gum biodh caileag chumanta tighinn a thoirt sliochd do Dhùn Àlainn. Feumar, feumar, feumar stad a chur air gun dol a thoirt dìmeas air fuil àird uasail uaibhrich sìol Cholgain," 's i a' bualadh a làimhe air a ghuala a leigeadh fhaicinn, ma b' fhìor, cho dùrachdach 's a bha i a chumail a suas cliù an teaghlaich anns an deach i an dòigh cho salach 's a bha i fhèin na gluasad 's na caitheamh-beatha, is cha b' fheàrr Dùn Àlainn fhèin.

"Leig thusa eadar mise 's e," ars esan, 's e a' toirt ceuman daingeann feadh an ùrlair, aodann air tòiceadh, 's e a' sgailceadh a làmh.

Dh'oibrich am fùdar a chalc a' bhan-eucorach na dhroch chlaigeann, far an robh eucoir is gràinealachd gu leòir mar a bha.

"Leig thusa eadar mise 's e, is cha chreid mise nach fuaraich e cho luath 's a theasaich e. Am peasan leibideach nach eil fhios aige ciod e ceann a tha fodha dheth. Ach bheir mise gu mothachadh e. Bheir mise gu mothachadh e cho cinnteach 's is e 'Cailean' is ainm dha. Leigidh mise fhaicinn dha gus nach gabh coin no coimhich ris, no 's ann gun call."

Sheas e an sin is sheall e san dà shùil bhradaich oirre, 's a bhilean dùinte daingeann air a chèile.

"Chan eil ann ach gaotharan, is feumar a smachdachadh," ars ise.

"Mar thubhairt mi cheana: leig thusa eadar mise 's e."

Nuair bha i leatha fhèin san t-seòmar an dèidh do Dhùn Àlainn dol a-mach, 's i a chuir fiamh gàire an uilc oirre fhèin.

"'Leig thusa eadar mise 's e,' 's e bhios ann," ars ise rithe fhèin.

"Fhuair mise don tràigh, agus nì mi maorach, ciod e sam bith ciod e an rotach a bhios orm a' tighinn aiste. Biodh sin air Dùn Àlainn. Ho ho ho! Tha ghuaillean leathann gu leòir. Ho ho ho!"

Cleas an damhain-allaidh, fhuair i an lìon fhigheadh, is cha robh aice a-nis ach suidhe na theis-meadhan gus an tigeadh Cailean truagh latheigin a' sranndail le sodan mun cuairt, nuair thigeadh e a ghabh-ail comhairle athar mun phòsadh a bha na bheachd.

Thàinig e sin.

Cailean Òg ga Fhògradh

Beagan làithean an dèidh siud, chunnaic Cailean Màiri a-rithis. Dh'innis e dhi cho fàbharach 's a bha a mhuime dha, is gun robh e cinnteach nach biodh athair na aghaidh. Bha h-uile nì air a shoc-rachadh, is cha robh càs tuillidh ann. Bha mhuime cho coibhneil. Bha i calg-dhìreach an aghaidh mar a shaoil e. Bha e air a dhalladh cho mòr leis a' chumhachd nàdarra bh' aig a' bhan-Fhrangaich 's gur gann a chreideadh Màiri gum b' e Cailean a bh' ann idir, mura biodh 's gum b' aithne dhi cho math e. Bha a' bhan-Fhrangach comasach. Bha buaidh mhì-nàdarra air a teangaidh shleamhainn mhilis, is aig a h-aodann rèidh suairce banail neoichiontach coltas, gun ghò gun chron.

Ach, ma mheall i càch, cha do mheall i Màiri NicGriogair thuigseach thùrail. Dh'èist i ri Cailean gus an do chuir e a-mach na bh' aige ra ràdh. Mur an d' aontaich i leis, cha do chuir i idir dad na aghaidh. Thuig i a' chùis an làrach nam bonn, agus dh'fheumadh i, mar dheagh sheanalair air a chur an cùil chumhaing, gun fhiosta, leis an nàmhaid, ceum a thoirt air a h-ais le seòltachd, gus am faigheadh i fàth air buaidh a bhith aig gliocas a beòil is neart a h-argamaid, air Cailean, anns a' chraiceann san robh e da mhuime bho na chunnaic i roimhe e.

"A Chailein," ars ise, "cò is motha dùrachd dhut, mise, no do mhuime? A bheil dùrachd do mhuime dhut nas motha na dùrachd do mhàthar? Ciod e b' adhbhar don eallach a chuir do mhàthair don ùir? Ciod i a' chomhairle thug i ort mun do dhùin i sùil? Cuimhnich, a Chailein! Leig do chomhairle ri d' athair, ach chan fhaigh thu ach an diùlt air a' chnaig. Na biodh eagal ort gum faigh mise no thusa fathamas an Dùn Àlainn. Tha tuillidh an amharc na tè ud, is cha bhi thusa ma coinneamh. Creid no na creid."

Chan eil teagamh nach tug na briathran dùrachdach seo atharrach-adh air Cailean. Bha breithneachadh math aice. Cha robh adhbhar aice esan a dh'fhalbh às an rathad, ach air a shon fhèin. Bha e nàdarra gu leòir, nam biodh a h-uile rud ceart na àite, gun robh mòran ra bhuidhinn le fhuireach, agus a h-uile dad ra chall le fhalbh. Bha ise a' faicinn na cùise na bu shoilleire na esan. Bha a chridhe an geall oirre cho mòr 's nach robh e a' faicinn ciod e an reusan athair no a mhuime a bhith na aghaidh, is e fo dhruim a thaighe fhèin. Nach b' e e fhèin an t-oighre laghail? Nach robh làn chòir aige air dèanamh mar a rinn athraichean? Nach robh an t-àm dha pòsadh? Cha b' e ceum amaideach a bh' ann, agus ged a b' e, nach b' i an amaideachd ghlic i!

Sin na smaointean a bha an cridhe Chailein, is na b' fhaide na sin cha robh e a' faicinn. Ach fhuair e a shùilean fhosgladh. Rud a bha ceart gu leòir dha, chuir e roimhe a bharail a thoirt far na cùise, agus a bheachd fhèin a leantainn gus a' cheum a b' fhaide a-mach.

Bha fios aige gum bu duine breun ceann-làidir athair. Bha fios aige an dèidh 's gu lèir, nach robh na mhuime ach grodlach nam ban. Ach leis cho coibhneil 's a bhruidhneadh i ris, is leis cho blàth sheirceil 's a bhuineadh i ris anns gach dòigh, bho na rinn athair bean Dhùn Àlainn dhith, chuir i sgleò cho mòr air a shùilean 's nach fhaiceadh e idir a' ghràinealachd anns am b' aithne dha an toiseach i. Bha i, mar an ceudna, air taobh a cheum a bha e a' toirt, a rèir a h-aideachaidh fhèin, agus cha robh e idir a' faicinn ach rathad rèidh roimhe.

Mu dheireadh, bhruidhinn e ri athair. Chuir comhairle Màiri cho mòr air earalas e 's gun robh e deas uidheamaichte aon taobh gan tigeadh e. Chùm sin a-suas e, e a thighinn cam no dìreach, is cha bhiodh e air a mhealladh co-dhiù, dhèanadh e spàin no mhilleadh e deagh adharc.

"NicGriogair, gu dearbh!" ars athair. "Gun luaidhteadh fuil shuarach Chloinn Ghriogair ri fuil uasail uaibhrich Chloinn Cholgain! Gun tigeadh sìol nam fògrach 's nam fear-cùirn an lùib mo theaghlaich-sa! Seadh, sìol nan ruaglach a shàth coin mhòra Mhont Rois am fiaclan sgorrach nimheach nan easgaidean rùisgte! Na cluinneam e! Na cluinneam e!"

Leis an sin, thug e a-nuas a dhòrn throm dhùinte air a’ bhòrd le leithid de sgailc ’s gun do leum na bh’ air sè òirlich a-suas. Bha e air at le feirg, agus na cuislean taobh a chinn air tòcadh cho garbh ri chorraig.

Bha Cailean e fhèin air fàs teth. Am priobadh, chunnaic e tro chomhairlean Màiri. Am priobadh chunnaic e tro fhoill na ruaille bu mhuime dha. Chunnaic e ciod e a bha nan amharc le chèile. Chunnaic e gum feumadh e “an aire a thoirt dha fhèin,” mar a dh’earalaich a mhàthair dha air leabaidh a bàis, ach chuir e roimhe mum fàgadh e an dùthaich gun cuireadh e toit de na h-itean asta le chèile.

“Ruaglaich! Fir-chùirn!” ars esan. “Ma bha iad nan ruaglaich ’s nam fir-chùirn, bu mhotha chuir e ran cliù na thug bhuaithe. An àite an cuid a ghlèidheadh le teòmachd is le seòltachd a’ mhadaidh-ruaidh, ’s le sodal mosach a’ choin, ghlèidh iad e cho fad ’s a ghlèidheadh iad e, gu fearail duineil gleusta le còir a’ chlaidheimh. An-diugh, tha iad falamh, ach an-diugh tha iad onaireach cliùiteach am beachd an t-sluaigh is an eachdraidh na dùthcha. Cò nas iomraitiche na iad? Na Griogaraich, na Griogaraich!”

“Seadh! Mar ruaglaich a thogadh màl dubh gu h-eucorach far an coimhearsnach, ’s a phòcaicheadh gu sanntach mosach e!” ’s e fhèin a’ plùchadh a làimhe gu socrach sìos na phòca.

“Bu mhath agus bu ghleusta bha iad ga chosnadh, nuair bha iad nan gàrradh-dìon dan coimhearsnach, agus bu gheal am màl dubh e seach am màl dubh a tha an coimpirean a’ togail an-diugh gu h-ana-ceart.”

“Dìreach sin, a làbarachain, dìreach sin. Tha mise faicinn, ’ille, gu bheil thusa air do dheagh oileanachadh an sgoil sluagh-iùil a’ Mhinisteir Mhòir. Ach nì mise ortsa, mar a nì mi airsan: ceann an rathaid a-mach às an sgìreachd a leigeadh fhaicinn dhuibh le chèile, agus sibh fhèin a bhith rùrach a’ chinn eile gus am faigh sibh e. Thus’, a bheadagain gun cheann gun chasan gun eanchainn! Nach math an airidh thu air oighreachd ga riaghladh! Thusa a choimeasadh ìochdarain ìosal ri uachdarain uasal na dùthcha!"

"Tha an uaisle mar a chumar i, agus faicibh ìochdaran ìosal agus uachdaran uasal rùisgte san loch ud shìos, agus cò dh'aithnicheas eadar an t-uachdaran 's an t-ìochdaran?" arsa Cailean.

"Cò dh'aithnicheas eatarra?" arsa Dùn Àlainn.

"Seadh!" arsa Cailean.

"Cò 's fheàrr a dh'abrar?" ars athair.

"An t-uachdaran, gun teagamh," arsa Cailean, "nuair chuireas e air aodach. Chan fheàrr am beairteach seach am bochd. Chan fheàrr duine seach duine. Ach an fheadhainn a fhuair grèim air fearann 's air fonn, nuair a bha neart a' dol thar ceart, rinn iad lagh leis an glèidheadh iad e. An fheadhainn aig an robh rud san àm le tuiteamas, ghlèidh an lagh sin dhaibh e gus an seo. Ciod e as fheàrr iad na an dream bhon tug iad e, ged tha iad falamh an-diugh. Uaislean gu dearbh! Ciod e tha an sin ach cleachdainn duine ri duine, 's an aon tighinn aca: an cleachdainn a rinn an seang don t-sàsaiche nuair ruith ùine. Uaislean, gu dearbh! Uaislean!"

"Seadh! uaislean," arsa Dùn Àlainn. "Cha dèan a h-uile duine uachdaran nas motha na nì h-uile duine seanalair."

"Cha do rugadh duine riamh na sheanalair, ach tha na h-uachdarain 's na h-uaislean air am breith air fad! Ged a bhiodh sibhse nar seanalair, cha dèanadh sin seanalair dhìomsa," arsa Cailean, le fiamh gàire a ràinig an smior-chailleach aig athair breun neo-mhacanta neo-mheasail.

"Dìreach sin," ars esan, 's e a' pasgadh a dhà làimh air uchd, "dìreach sin. Agus, air a' mhodh cheudna, ged tha mise nam uachdaran, cha dèan sin uachdaran dhìotsa, agus cha mhotha na sin a bhios tu nad uachdaran air sìon fo mo sheilbh-sa, rid bheò, rid bheò. Siud an doras. Fàg m' fhianais. Mach às mo thaigh, agus rid bheò na faiceam do shùil. Mach! Mach! Mach!"

Leis na facail sin, choc e chorrag ris an doras, is chùm e cocte i, 's a bhilean teann air a chèile, gus an deach Cailean a-mach.

Cailean air Comhach

Bha a' bhan-Fhrangach a' farchluais taobh a-mach an dorais, is chuala i a h-uile facal den iorghail a bha eadar Cailean is athair.

Nuair chaidh Cailean Mòr a-steach don t-seòmar far an robh i, thòisich i air miodal, 's air briodal ris na dòigh chealgaich mheallta bhradaich fhèin.

"Tha thu air do chur mun cuairt, a rùin. Cha d' fhuair am peasan a smachdachadh aig glùn, agus chan eil a sheòrsa furasta a smachdachadh aig uilinn."

"Nach smachdaich!" ars esan. "Nach smachdaich! Cha leig mise thairis orm e nas mo na leigeas mi an giolcam-daoram as motha thachair riamh orm."

"B' e siud an duine ghlèidheadh a-suas deagh chliù is fuil uasal rìoghail nan àrmann meanmnach bhon tàinig e."

"Ach creinidh e air an sin, agus creinidh e air na beachdan saobh-chreidmheach a thaobh uachdranais is fìor uaisle tha 'm Ministear Mòr misgeach an dèidh a stalcadh na cheann gun eanchainn. Fhuair e taobh na locrach den chòmhla agus glèidheadh e e, air neo cha mhise fear a th' ann."

Bha Dùn Àlainn a' spaidsearachd air an ùrlar 's a' toirt sad chruaidh da chasan air a h-uile ceum, a dhaingneachadh nam facal.

"Cha seilbhich e oighreachd Dhùn Àlainn, ma dh'fhaodas mise, agus neach sam bith a ghabhas roimhe, cha tog e smùid air làn sluasaid de ùir a bhuineas dhòmhsa."

Bha a bhean air a h-èibhneachadh thar tomhais. Bha an t-srian aice an ceann a' bhurraidh agus stiùireadh i e an taobh a thogradh i, 's a teangadh na pluic a' magadh air.

Thachair an dà bhonn odhar air a chèile, agus bha iad a' còrdadh gu math.

"Fhuair mise mo dhùrachd a-nis, agus, ma dh'fhaodas mi, glèidhidh mi i. Cha bhi bana-mhaighstir ann ach mise. Ma bhitheas mi an dèidh m' fhir – Ha ha ha! M' fhir! Agus cha bhi oighre ann ach mo shliochd, ma tha sliochd an dàn dhomh – chì mise an oighreachd air a glanadh gus nach bi fiamh no giamh orm gum bi Cailean Òg anns an rathad orm. Chì. Chuir mi romham e. Is mise bean Dhùn Àlainn. Ha ha."

B' iad seo a smaointean. B' e seo a dùrachd. Am fad seo fhuair i leatha e.

Nuair a dh'fhàg Cailean an caisteal, bhon do bhreab, ach gann, athair a-mach e, thug e air, lom is dìreach, gu Màiri. B' i an aon chùl-taic a bh' aige a-nis, bho na chaill e a mhàthair. B' ann rithe daonnan a leigeadh e a chomhairle. B' ann bhuaipe daonnan a gheibheadh e comhairle a chuireadh misneach ann, anns an daoras san robh e ri linn na h-ùpraid 's an tionndadh bun os cionn a bha na dhachaigh – an dachaigh sin a bha a-nis air fàs cho fuar chumhang dha 's nach robh àite aigesan oisean bu lugha 's a bu shuaraiche dhith.

"Chan eil mi mir air mo mhealladh. 'S ann a bhithinn air mo mhealladh gu mòr nam b' e an t-atharrach a thachair," arsa Màiri. "Is fada bhon a thubhairt mi riut gun robh an teine ga fhadadh, is cha ghabhadh e cur annad gus am fac' thu nis e le do dhà shùil fhèin. Agus tha mi glè thoilichte. Feumaidh tu an dùthaich a thoirt greis mud cheann, oir gu cinnteach, a Chailein, tha eagal orm nach bi do bheatha sàbhailte."

"Tha mi ga fhaicinn sin a-nis, cho soilleir ri grèin a' mheadhan-latha shamhraidh. Ciod e sam bith mar a thachair Seumas Weldon bochd amaideach ra bhàs – 's e sin cò sam bith a mharbh e – 's e an fhoill a chaidh a chluich – chaidh a mhort – ach dìolaidh an ciontach air a shon latheigin, ciod e sam bith cho fad air falbh 's a tha e. Bha e san rathad. Tha mise san rathad, cuideachd, ach nì mi feum den fhaire mhonaidh a fhuair mi. A-nochd fhèin bithidh mi air ceann an rathaid. Ach ciod e mud dheighinn-sa, agus mu dheidhinn Mòir Bhig, gus an till mise a-rithis, ma tha e an dàn dhomh?"

"Chan eil am Mòir Bhig ach an leanabh. Leanaidh mise rithe fhad 's a dh'fhàgar agam i, ach tha a' chiad chòir ag a h-athair oirre. Chan eil cùram dhòmhsa nas motha. Tha mo sheann mhàthair agam ri sealltainn às a dèidh, agus feumaidh mi bhith faicilleach, agus a' chiad fhosgladh a gheibh mi, fàgaidh mi seo. Tha a' bhiodag annamsa cho math 's a tha i annad fhèin."

"Chan eil teagamh ann," arsa Cailean, "ach ciod e sam bith taobh air an toir thu d' aghaidh, lean ri mo phiuthair."

"Na cuireadh sin cùram ort," arsa Màiri.

"Far am bi mise 's mo mhàthair, bithidh ise, no 's e 's gun tèid a toirt bhuam le cluip. Cha chuirinn earbsa anns an tè ud na b' fhaide na thilginn i. Tha i cunnartach san dùthaich."

Air an oidhche ud fhèin, dh'fhàg Cailean tìr a dhùthchais. Shuidh e fhèin is Màiri taobh an teinidh a' bruidhinn air a h-uile dòigh a b' fheàrr a ghabhadh rathad ùr a rèiteachadh tron fhàsaich anns an do chuireadh iad le chèile le ìobairtean na dreige a thàinig cho tubaisteach anns an t-slighe orra le chèile.

Nuair a thòisich an speur air fàs glas os cionn Beinn Bhuidhe, agus a' mhadainn air dèanamh gu bòidheach, thog Cailean air. Shìn e e fhèin thar a pheathar, agus srannd aice an cadal sàmhach socrach, neoichiontach de àmhghairean an t-saoghail, agus phòg e i gus an do fhliuch e a falt le dheòir. Dh'fhàg e beannachd aig Màiri is aig a màthair, is tharraing e e fhèin air falbh bhon aon làraich a bu ghoirte air an do sheas e a-riamh, ach taobh leabaidh-bàis a mhàthar.

Astar beag air aghaidh taobh an rathaid bha an cladh, anns an do thìodhlaiceadh a shinnsearachd fad iomadh linn. Sa cheart ùir seo bha a mhàthair a' cnàmh. Chaidh e a-steach. Sheas e sa cho-thràth aig ceann na h-uaighe, 's a bhoineid na dhà làimh. Bha sàmhchair uile mun cuairt co-rèidh ri sàmhchair na h-uaighe fhèin. Shìn Cailean e fhèin air uaigh a mhàthar, is shil a dheòir air a' phloc ghorm. Spìon e e fhèin air falbh, agus nuair a fhuair e air ceann an rathaid a-rithis, dh'fhairich e mar gum faigheadh a chridhe goirt aotromachadh. Bha e toilichte gun d' fhuair e seachad an dà rud ud a bha cur eallaich air ri linn e a bhith air fhògradh bho dhachaigh lom falamh: dealachadh ri Màiri, a leannan, agus ri Mòir Bhig, a phiuthar, agus tadhal sa chladh a chùm sealladh aon uair eile de uaigh a mhàthar.

Chan eil àm sam bith as motha dhrùidheas suidheachadh den t-seòrsa seo air neach a bhitheas a' fàgail a dhachaigh 's a dhùthcha na àm briseadh fàire, nuair tha an saoghal uile an clos na suain, gun smuairean, gun smaoin air ainneart, no càs, no trioblaidean an fhàsaich seo. Dhrùidheadh e air neach sam bith. Dhrùidh e air Cailean Òg Dhùn Àlainn. Bu dùth dha gun drùidheadh.

Ach ma dh'fhalbh e, bha beannachd na chois. Bha spèis aig an t-sluagh dha. Bha na dh'fhàgadh de thuath air an oighreachd a' cur earbsa às, agus a' tighinn beò an dòchas gum faigheadh iad fois is clos nam biodh e an dàn dha, latheigin, suidhe mar uachdaran an caisteal Dhùn Àlainn. Thuit an dud 's an dad nuair a dh'fhalbh e, agus cha b' e falbh ach a chur air falbh, mar a dh'èirich do mhòran aca fhèin.

Bha an oighreachd air dol fàs a chion sluaigh. Bailtean mòra farsaing, 's gun ra fhaicinn annta ach cìobairean. Mar a chaidh a ràdh cheana, bha na dh'fhuirich den t-sluagh air tuineachadh ri cladach, a' tighinn beò air dhòigh èiginn eadar iasgach is aiteach, air uachdar chreag, is mòrlanachd don uachdaran air seachd sgillinn san latha, agus clach de mhin-Innseanaich oidhche Shathairne nuair stadadh iad. Ri ùine dh'èirich am pàigheadh latha caigeann sgillinn, is bhiodh na truaghain gan cunntas fhèin beartach nan tigeadh an latha sam faigheadh iad tastan. Cha robh feum a bhith a' gearan. Cha robh e furasta tighinn às eadar bàillidh uaibhreach dìoghaltach agus uachdaran gun fhathamas, gun seirc, gun iochd, gun tròcair, ach an sluagh a shiogladh gus an sgillinn a b' fhaide a-mach.

Cha robh ach an aon duine san sgìreachd a ghabhadh an taobh, agus b' e sin am Ministear Mòr, mar a theireadh iad ris: Dòmhnall Stiùbhart, ministear na sgìreachd. Ach bha e fhèin air cloich an turramain. Bha am ministear gun chùram mnatha no teaghlaich, agus anns na bliadhnachan mu dheireadh a bha e an seilbh na sgìreachd, thug e e fhèin a-suas gu buileach don deoch làidir.

Air uairean b' e bu cheann-teagaisg dha sa chùbaid an t-astar a bha eadar a thaigh fhèin agus taigh-òsta a' chlachain. Air uairean eile is minig a chunnacas e an àite uaigneach sa mhonadh, air a rathad dhachaigh às a' chlachan, 's an daorach air, 's gun air ach a' bhriogais. Bhiodh am bata air stobadh sa ghrunnd 's a chòta is ad air, is esan a' dannsadh mu choinneamh, 's a' maoidheadh, 's a' sèarsalachadh a dhòrn 's air iarraidh air tighinn air aghaidh 's nach fhàgadh e òirleach ann. Air uairean, 's e Dùn Àlainn a bhiodh ann, 's air uairean eile, uachdaran air choireigin eile. Bha e fhèin fo chomaraich nan uachdaran, ach ged a bha, cha robh aige orra. Bha e de theaghlach measail, na dhuine ionnsaichte, agus duineil foghainteach neo-eisimeileach, gun eagal, gun ghioraig, gun sgàth, ciod e sam bith an taobh a thigeadh e.

Ach bha a' bhiodag ann. Cha b' ann airson na deoch a-mhàin, ach airson gum biodh de ladarnas ann 's gun toireadh e achmhasan do na h-uachdarain mheasail, no gum faigheadh e coire sam bith dhaibh. Thug e, gu sònraichte, oilbheum do Dhùn Àlainn, is chuir Dùn Àlainn roimhe dìoladh a thoirt a-mach. Thug e cùis a' mhinisteir air beulaibh na clèire, ach, ged a thug, cha do mheataich siud am ministear dad.

Cha robh àite an suidheadh no an seasadh e, nach b' e dì-làrachadh na dùthcha bu chuspair dha. Leudaicheadh e air còirichean an t-sluaigh air an fhearann, agus an t-seòltachd leis an deach na h-uachdarain an seilbh, 's mar a fhuair am fear bu mhotha ceilg is seòltachd an roinn bu mhotha den dùthaich, agus mar a rinn iad an sluagh nan tràillean le laghannan a fhreagairt orra fhèin, 's gan daingneachadh fhèin an seilbh 's an ùghdarras leis an robh comas aca fòirneart a dhèanamh air an ìochdarain.

Rinn iad sin. Rinn Dùn Àlainn a' chuid bu mhotha dheth, is cha b' ann dha bu dual. Cha robh craobh-ghineil an Albainn cho foirfe stoc is geugan ris a' chraoibh às an do shìolaich e. Is annamh craobh air nach meath geug uaireigin. B' e Dùn Àlainn laoghan na craoibhe dem buineadh e. B' e, cuideachd, an aona gheug a chrìon 's a shearg 's a ghrod, làn mhosgain is fhìneag is chnuimh. Cha b' ionann e 's na h-àrmainn eile bha roimhe 's na dèidh, aig an robh meas air an t-sluagh a bha nam mèinn, a bha iochdmhor coibhneil tlusail riutha, a ghlèidheadh daonnan mun cuairt orra iad, agus a chitheadh ceartas aca an còir 's an eucoir.

Cha deach Dùn Àlainn riutha. Dh'innseadh am Ministear Mòr sin cho math ris a' chòrr, gus an dùraichdeadh Dùn Àlainn òl air an uisge a dh'aon bhalgam.

Bha fadal air gus an tachradh am ministear air.

Brionglaid an Taigh a' Chlachain

Thachair am Ministear Mòr is Dùn Àlainn air faidhir a' chlachain, far am biodh an dùthaich air fad, beag is mòr, sean is òg, àrd is ìosal, cruinn cearta còmhla nan gabhadh e idir dèanamh. Bha Dùn Àlainn ann mar bu dual. Bha e fhèin, agus aon leth-dusan de uachdarain bheaga na dùthcha mun cuairt, nan suidhe ag òl 's ag iomairt an seòmar àrd an taigh-òsta, agus am bàillidhean 's an gillean-ruith uile mun cuairt orra mar gum biodh dròbh abhagan, agus a h-uile fear is sgeòc air ag èisteachd ciod e a bhiodh a mhaighstir fhèin ag ràdh.

Chualas buraras is ceum trom a-nìos an staidhir, agus cò dh'fhosgail an doras 's a leig a thaic ris an ursainn, agus gleòthag mhath air, ach am Ministear Mòr.

"Seo, seo," arsa Dùn Àlainn, "Sin agaibh a-nis an seann sionnach mòr fhèin a tha dol feadh an t-sluaigh a' searmonachadh an còirichean air an fhearann. An còirichean! A chuideachd!"

"Seadh," ars am ministear, 's e a' gabhail a-steach. "Tha thusa 'n seo, a sheann dreollain. Is fhada air astar a chluinntear do bhuraras. Tha e a-muigh agam ged a bheirinn an ceann às an amhaich agad fhèin, agus aig do dhà isean deug! Còirichean an fhearainn, gu dearbh! 'S iad còirichean nam briuthas bu mhiann leatsa. Thusa, a phoit-dhubh, anns am bheil glug a' chaochain a h-uile ceum a bheir thu, a bhrùid!"

Loisg siud Dùn Àlainn gu h-olc. Bha làn a chuid sheòl aige fhèin, agus le uiread de chàirdean a bhith mun cuairt air, bha e air a ghreadadh mur an toireadh e pàigheadh mu chlàr don mhinistear, nan dèanadh droch theangadh gheur sgaiteach e.

"Chan e an dreollan, ach an deagh lann," ars esan, 's e ag èirigh na sheasamh 's a' sgailceadh a' bhùird.

> "Cloinn Cholgain nan lann geura,
> Na fir cheannsgalach threubhach."

"B' i an t-srathair an àite na dìollaid, Stiùbhartaich bhog bhuidhe na h-Apann, an coimeas riutha."

Ghàir a' chuideachd a thoirt misnich do Dhùn Àlainn, nuair a chuala iad siud.

"Stiùbhartaich bhog bhuidhe na h-Apann!" ars am ministear. "Agus thusa gad choimeas fhèin ris na fir cheannsgalach threubhach a thàinig romhad! Thusa, gu dearbh! Bheireadh na rinn thu cheana de bhèistealachd 's de thrustaireachd air pàirt dhiubh tionndadh nan uaighean an Ì Chalum Chille. Cha bheag an nàire do na daoine cliùiteach on tàinig thu, do leithid de bhrùid gun toinisg a bhith air ainmeachadh orra, a thruaill, 's a bhlianach bhog bhronnach mhosach."

Bha an dithis nan seasamh mu choinneamh a chèile, fear air gach taobh den bhòrd, a' cur dhiubh gu garbh. Bha e am beachd an dàrna fir sàthadh a dhunach a thoirt don fhear eile a' chiad uair a choinnicheadh iad: agus b' i seo an uair.

"Cuimhnich cò ris a tha thu bruidhinn," arsa Dùn Àlainn gu h-uaibhreach, 's e air chrith air a chasan leis an eagal 's leis an fheirg còmhla.

"Chan eil e cho furasta do dhìochuimhneachadh. Chuir do ghnìomharan truaillidh salach comharradh-cluaise ort nach dìochuimhnich an t-àl seo no an t-àl a thig nan dèidh. Thusa, a sgumalair gun mheas, a thilg do chlosach thruaillidh shalach air fàradh lobhta drùthlann nan gaorsach, gus an do lean pàirt dhiubh rid fheòil mar leanas cartan donn. Thusa a' bruidhinn gu dalma mu dhaoine measail, a thuirc-nimhe nan torc!"

"Ciod e th' agad ri ràdh rium?" arsa Dùn Àlainn.

"Ciod e nach eil aig a h-uile neach ri ràdh riut? Na biodh dùil agad gun cuir do lomhainn abhagan eagal ormsa. Cha robh mi an àite riamh nach seasainn mi fhèin. Cha an e sin dhutsa, a logaid!"

Cha robh seasamh a chas leth-mhionaid aig Dùn Àlainn co sgaiteachd a' mhinisteir, agus dhùraichdeadh e a làimhseachadh, ach bha an t-eagal air. Bha an t-eagal air ron mhinistear fhèin, agus bha an t-eagal air ron t-sluagh. Bha an dùthaich uile air taobh a' mhinisteir, agus bha a' mhòr-chuid dhiubh an làthair sa chlachan an latha ud. Bha e air a losgadh na bha e fulang bhon mhinistear. Cha d' fhuair àrdan is uabhar a leithid siud a-riamh de leagail, is bha e air a ghreadadh gus a' chridhe, a chuid abhagan a bhith a' cluinntinn e faotainn a leithid de thàir, agus a leigeadh fhaicinn nach robh e uile gu lèir gun seòrsa air choireigin de chnàimh-droma ann, dhùbhlaich e air a' mhinistear gu dùbhlanach, ach a rèir a ghnùis ghil, gu h-èigneach critheanach.

"An cluinn thu?" ars esan, leis a h-uile foirmealachd a bh' ann.

"An cluinn sibh?" ars am ministear. "Càit eil am modh?"

"Dìreach, an cluinn thu − thu − thusa. Cha toill thu an còrr. Mura bhith do chòta, bheirinn-sa aon sgailc ort a chumadh do bheul sàmhach car greis."

Bha fios aige glè mhath nach robh a' chuid bu lugha aige den mhinistear, agus ged a rinn e maoidheadh air, bha e an dòchas ged a bha am ministear cho teth, nach leigeadh e e fhèin seachad uile gu lèir cho mòr 's gun gabhadh e aig fhacal e. Ach nuair a chunnaic e gun robh e air chùl a naidheachd, dh'èirich a h-uile ròin a bh' air a cheann nan seasamh leis an uabhas a ghabh e.

"Mo chòta!" ars am ministear, 's e a' cur dheth a chòta dhuibh 's ga thilgeil tarsainn air cùl cathrach. "Mo chòta! Mas e mo chòta tha tighinn eadar thu 's mi, siud agad e! Fan thusa an sin, a mhinisteir, gus an toir Dòmhnall Mòr Stiùbhart sgleog air Dùn Àlainn."

A-null ghabh am ministear, ach leum na bha a-staigh a dhol anns an eadraiginn, a' glaodhaich: "Ò! Gnothach nàrach!" "Bithidh seo ainmeil!" "Na dèanaibh, na dèanaibh, a mhinisteir." "Air ghaol an fhortain, na cuiribh a leithid de thàmailt oirbh fhèin 's gun tàirneadh sibh ur làmh an taigh a' chlachain." "Mo nàire, mo nàire!" "Cuimhnichibh gur h-e Dùn Àlainn a th' ann!"

"Dùn Àlainn!" ars am ministear, 's e ag iarraidh chuige. "Ciod e Dùn Àlainn seach am fear is suaraiche san sgìreachd a mhaslaich e. Dùn Àlainn, gu dearbh! Mas esan Dùn Àlainn, is mise ministear na sgìreachd a lom Dùn Àlainn. Ma bha an oighreachd na Dùn Àlainn roimhe, rinn esan Dùn Bhàirlinn an-diugh dhith. An luid dhrùiseach shalach. Ma thèid mise na charaibh, cuiridh mi 'n dàrna peirceall air a' pheirceall eile aig Dùn Àlainn a' chinn-mhaide."

Chualas an ùpraid feadh an taighe. Cha b' fhada gus an deach an fhuaim feadh a' bhaile, is cha robh fear a bh' air an fhaidhir nach do chruinnich mun cuairt an taigh-òsta, a dhol a sheasamh a' mhinisteir, air an robh meas mòr aca, ged a mhill a làmh dheas fhèin e. Thòisich iad air brùchdadh a-steach air gach doras is gach uinneig, gus mu dheireadh nach fhaigheadh duine a-mach no a-steach, 's iad a' glaodhaich 's a' raoicich.

"Seasaibh am ministear, fheara tha staigh. Tilgibh Dùn Àlainn a-nuas tron uinneig àird, agus gheibh e gus nach gabh na coin comann ris!" chluinnteadh thall 's a-bhos feadh an t-sluaigh.

Chuala Dùn Àlainn an ùpraid 's an rànaich a bha a-muigh. Bha am ministear, is e a' sgailceadh a dhùirn air a' bhòrd, is Dùn Àlainn na sheasamh air cùl a' bhàillidh, 's e a' dèanamh dìchill air cumail ris, 's a' maoidheadh a dhùirn thar guala a' bhàillidh, 's a' gabhail air gun robh a mhiann a bhith am bad a' mhinisteir, agus eagal a bheatha air gun leigeadh am bàillidh seachad air e. Cha robh facal aige don mhinistear, ach bha e mar gum biodh e a' feuchainn ri cuimhneachadh air a h-uile facal sgaiteach geur chaireach a chuala e a-riamh, ach, a dh'aindeoin gach plùchadh a dhèanadh e air fhèin, cha robh mòran dhiubh a' tighinn an làthair.

Mu dheireadh, cù phlùch e fhèin a dh'ionnsaigh an dorais ach fear an taigh-òsta. B' e fear de abhagan an uachdarain a bh' ann, agus, anns a' mhionaid, dhùbhlaich e air a' mhinistear.

"Ciod e 's ciall dha seo?" ars esan. "Thoir an aire nach i chùbaid mhòr agad fhèin a th' agad anns a' bhòrd agamsa idir."

Leis an seo, thug e sùil air Dùn Àlainn, feuch an tuigeadh e ciod e mar a chòrd siud ris.

"B' e seo an sgailceadh," ars esan. "Chan fhaigh an damhan-allaidh fois fon bhòrd agamsa ged bhiodh e ann, nas motha na gheibh e sa chùbaid fhèin," 's e a' toirt sùil eile air Dùn Àlainn, is fiamh a' ghàire air.

Ghàir na bha a-staigh, cuideachd, ach ma ghàir, raoic na bha a-muigh, gus an do shaoil fear an taigh-òsta gum biodh e air a tharraing an comhair mullach a chinn a-sìos an staidhir.

Bha a bhean na seasamh air a chùlaibh, is chluinnteadh a guth biorach sgreadanach a' sgreuchail ris na daoine fuireach air an ais.

Ach thionndaidh am ministear air fear an taigh-òsta gu garbh salach:–

"Ciod e tha thusa 'g ràdh, a luamhgha mhosaich? Mur am faigh an damhan-allaidh fois anns a' chùbaid, gheibh e fois gu leòir am bocsa nam bochd bho do sheòrsa-sa. Thusa dol a sheasamh Dhùn Àlainn a'm aghaidh-sa! Thusa dol a sheasamh màthair-ghuir an lionnachaidh, a phian an sgìreachd, agus a dhì-làraich an dùthaich air fad, gus nach bi anns an eaglais ach suidheachain fhalamh, ma leanas an ruith air an ruaig."

"Nach eil sibh coma, ma ghlèidheas sibh glìob agus stìpean!" arsa fear an taigh-òsta, 's e gàireachdaich.

"Ghlèidh mi an glìob gus an seo, ach, mo thruaighe, is tusa fhuair a' chuid bu mhotha den stìpean!" ars am ministear.

"Mas e, thug e dhuibh rud air a shon," arsa bean fear an taigh-òsta an guth àrd caol biorach, 's i a' seasamh air a corra-biod, 's a' bruidhinn thar guala a fir.

"Ciod e tha 'n cruaidh-ghuirean aig Eòghann MacTheàrlaich ag ràdh?" ars am ministear. "Fhuair mi rud air a shon. Cuid is duilghe dhòmhsa gun d' fhuair, agus tuillidh 's a chòir. Fhad 's a lean sin bha meas air a' mhinistear. Ach tha coltas tighinn gu crìch air, is tha crìoch air meas a' mhinisteir, cuideachd − agadsa − ach chan eil aig an dùthaich."

"Ho-rè!" ghlaodh na bha a-muigh 's a-staigh de shluagh dìleas a' mhinisteir.

"Ho-rè! Plùichibh a-steach! Bristibh am balla-tarsainn! Seasaibh am ministear! Iallaibh Dùn Àlainn 's a choin bheaga! Steach sibh, steach sibh!"

Aig an seo, chaidh fàradh a chur suas agus an uinneag a chur sìos na mìle sgealb. A-steach orra bhrùchd na fir nan leth-dusain. Phlùich an fheadhainn a bh' air an staidhir a-steach cuideachd. Thog iad fear an taigh-òsta 's a bhean thar an cinn gus an d' fhàg iad iad nan sìneadh air an ùrlar ìosal, is bean an taighe a' glaodhaich: "Ò, mo churrac! Mo chìr chrom! Mo chneapan! M' aodach, m' aodach! Ò! Ò! Och, och, mo cheann, mo cheann!"

Thugar Ionnsaigh air an Dùn

Bha an seòmar air a lìonadh gus nach fhaigheadh duine ach gann tionndadh ann. Bha leth-dusan làmh am broilleach Dhùn Àlainn, is uiread eile a' toirt fuasgladh dha. Ach a h-uile fear a rachadh anns an eadraiginn, bha e air a shadadh ris an ùrlar. Bha am ministear na sheasamh air a' bhòrd, 's e a' glaodhaich: "Leigibh leis, a chàirdean. Fòghnaidh mi fhèin dha. Na dèanaibh dad air! Socair, socair! Fois, fois! a dhaoine mo chridhe!"

"Às a chèile e! Iallaibh e!" chluinnteadh gu faramach às gach sgòrnan a bha a-staigh. Chaidh Dùn Àlainn 's am bàillidh a shlaodadh a-mach às an t-seòmar an comhair an cinn. Fhuair iad a-sìos an staidhir, is iad mar gum biodh dà chirc air an spìonadh, agus cho luath 's a b' urrainn dhaibh, chuir iad na buinn orra dhachaigh.

Sheas am ministear air a' bhòrd far an robh e. Chunnaic e gun robh an sluagh air an togail, agus mur an dèanadh e innleachd air an cumail mun cuairt air, gum faodadh an tuasaid crìochnachadh le fuil. Bha an seòmar dùmhlaichte de dhaoine làn dighe, is iad a' glaodhaich gus an tàinig reachd am muineal cuid dhiubh: "Òraid, a mhinisteir! Òraid, a mhinisteir! Òraid!"

Sheas am ministear far an robh e, gun ad, gun chòta, 's a làmhan an ceannaibh a leis, agus ars esan: "A chàirdean, chan eil iongnadh orm sibh a bhith air bhoil. Tha sibh air ur sàrachadh, tha sibh air ur beubanachadh, tha sibh air ur deagh liodairt gu dearbh. Tha cheart bhuaidh aig sealladh de Dhùn Àlainn, 's de lomhainn abhagan, air duine san àm seo 's a tha aig brèid dearg air tarbh. Tha an t-àm togail a-mach. Cò thug an lom-sgrìob air an dùthaich ach Dùn Àlainn? Cò rinn fàsaichean de na glinn? Esan a rinn e. Cò dh'fhògair aona mhac a chlèibh às an dùthaich mar gum biodh cù, a chionn gun robh e gabhail ur pàirt-sa? Esan a rinn e: Dùn Àlainn, sgudal salach air uachdarain an domhain uile. Dùn Àlainn, a bhris cridhe na h-euchdaig bu bhean dha. Dùn Àlainn, a ghlac na bhroilleach mosach, mar a bhean-phòsta, lobhar salach nan drùthlann is ìsle!"

"Biomaid na bhad," ghlaodh a' chuideachd am feirg lasanaich, air am fadadh le droch uisge-beatha a' chlachain.

"Biomaid na bhad!"

"Ruigeamaid caisteal Dhùn Àlainn."

"Stiallamaid na bheil na bhroinn."

Sgaoil am ministear a-mach a dhà làimh 's e fad na h-ùine a' glaodh-aich: "Bithibh sàmhach. Bithibh tostach. Èistibh, èistibh. Thugaibh dhomh cead bruidhinn. Èistibh!"

Nuair a shìolaich iad a-sìos, lean am ministear: "A chàirdean, chan àite seo a labhairt air fòirneart an t-sluaigh 's air aingidheachd nan uachdaran, ach tha mhiann orm, an ùine ghoirid, òraid a thoirt seachad air còirichean an t-sluaigh air an fhearann agus air eucoir nan uachdaran."

"Sin sibh, a mhinisteir. Sibh fhèin an eudail!" ghlaodh fear.

"Seo an t-àm, seo an t-àm!" ghlaodh fear eile.

"Air ur n-ais," ars am ministear. "Chan e seo an t-àm, no an t-àite, ach bithidh mise cho mhath rim fhacal, is gheibh sinn an t-àm 's an t-àite."

"Ho-rè!" ghlaodh a' chuideachd, 's iad a' crathadh an curraicean.

"Ho-rè! Oirbh ur còta, mhinisteir."

"An seilear oirnn. An seilear oirnn! Ho-rè!"

A-sìos an staidhir ghabh a chuideachd a' roladh a chèile mar gum biodh allt le uchd aonaich. Bhris iad a-steach don t-seilear, 's am mionaid bha buideal uisge-bheatha air a chuibhleadh a-mach agus goc air a chàradh na cheann. Bha bean an taighe a' gliucais mar gum biodh cearc-ghuir ann, 's i a' guidhe air a' mhinistear a leisgeul a ghabhail, seasamh air a cùl agus a cuid a thèarmann bho shluagh air lomhainn. Rinn am ministear còir a dhìcheall sin a dhèanamh, gun ise ga iarraidh idir air, ach bha a cheart cho math a bhith a' bruidhinn ris a' ghaoith.

"Slàinte! Slàinte!" leum a-mach à ceud beul le mothar a leag sgiathan den aol den bhalla.

"Air slàinte a' mhinisteir, agus guma h-iomadh latha fada chuireas e seachad fhathast an sgìreachd Chill MoLeacain. Slàinte mhòr fhad aige."

"Bàs gun sagart do Dhùn Àlainn 's do gach uachdaran eucoireach."

"Air an amhail cheudna do na bàillidhean."

"Ho-rè! Às dhaibh, às dhaibh. Na mèirlich!"

Chaidh am buideal a thraoghadh gu sgobanta, agus an sin a-mach thog iad gu caisteal mòr Dhùn Àlainn.

Chrath bean an taigh-òsta a dà làimh os cionn a cinn is thug i buidheachas don fhortan gun d' fhalbh iad.

Ràinig iad an caisteal nan aon bhuidhinn. Bha am ministear a' falbh rompa an comhair a' chùil, a dhà làimh sgaoilte, 's e a' guidheadh 's ag ìmpidh orra tilleadh. Tilleadh, cha dèanadh iad.

Ràinig iad an caisteal, a' bùirich 's a' donnalaich mar gum biodh madaidh-allaidh fhiadhaich an fhàsaich.

"Mach Dùn Àlainn, a-nis," ghlaodh iad.

"Mach an seo gliùsarach mòr nam baos-thaigh!"

Cha tug duine feairt. Cha robh doras nach robh dùinte glaiste. An siud 's an seo chiteadh aodann tro uinneig, a' sealltainn ciod e a bha a' dol. Mu dheireadh thall, chaidh an doras mòr a phlùchadh a-staigh, is cha robh oisean de chaisteal Dhùn Àlainn nach robhteadh ga rannsachadh. Ach mìr de Dhùn Àlainn fhèin, no de bhean an taighe, cha robh ri fhaicinn an cùil no an cuilidh. Feadh an taighe cha chluinnteadh ach glaodhaich is rànaich is sguinn de òrain, le nuallanaich a chuireadh oillt air Dùn Àlainn nam biodh e an àite farchluais.

Thugas an cidsean orra.

An seo bha na searbhantan cruinn còmhla, ach am priobadh nan sùl, an tè nach d' fhuair fròg, fhuair i fruchag, is cha do sheas an làrach ach a' bhan-chòcaire a-mhàin. Bha ise na seasamh air meadhan an ùrlair, a muilchinnean truste os cionn nan uilnean, 's i a' cur dhith, 's a' sèarsalachadh sluasaid na luathainn.

"Mach à seo sibh, anns a' mhionaid, a h-uile truaill agaibh, no chan eil fear a bheir ceum air aghaidh nach sgoilt mi chlaigeann leis an t-sluasaid! Mach sibh air an spiol! Mach sibh!" Agus chuir i an t-sluasaid mun cuairt a cinn gus an do thog i stoirm feadh an taighe.

Bha choltas air na seòid gum faigheadh iad an sopadh 's an teannadh nan rachadh iad na b' fhaide, ach cha do chuir maoidhean na ban-chòcaire mhòir maille orra.

"Teann! Teann! Teann!" ghlaodh aon dusan còmhla.

"Fuirich air d' ais, a bhramalaich mhosaich, no thèid dubhan mòr na feòla a stobadh nad charbad àrd, 's do ròsadh mu choinneamh do theinidh fhèin. Thusa, a thotarach!"

"Ciod e tha thu ag ràdh?" fhreagair a' bhan-chòcaire, gun eagal, gun ghioraig, ged a bha i a' faicinn druaip na dighe air na daoine. "Cuireadh a' bhaoraisg as motha agaibh bàrr a chorraig ormsa, agus siud, siud, siud, mar a nì mi air," 's i sgailceadh na sluasaid gus an do chuir i sgealb à oisinn a' bhùird mhòir.

"Leag do shluasaid," arsa fear.

"Leag do bhata," ars a' bhan-chòcaire.

"Bhuaipe an t-sluasaid! Bhuaipe an t-sluasaid!" ghlaodh na fir air fad.

"Bhuat an t-sluasaid air a' mhionaid, a mhuc-bhleoghainn nan dùnan!" ars a' chiad fhear a-rithis, 's e a' sèarsalachadh bata mhòir challtainn os cionn a cinn.

"Bhuat thusa 'm bata, a langa ghlagach na broinn fhalaimh." 's i a' tarraing na sluasaid gus an tug i fhèin 's am bata gliong air a chèile.

Ged a bha na fir cho burraghlasach 's a bha iad, cha b' urrainn do chuid dhiubh gun ghàire dhèanamh leis cho olc 's a loisg a' bhan-chòcaire air fear a' bhata, agus cuideachd leis cho math 's a fhreagair an coimeas air. Bha a choltas gun tigeadh a' chaonnag gu buillean bu chruaidhe, ach phlùich am ministear e fhèin a-steach tron t-sluagh a dhol san eadraiginn.

"Ho ho!" ars a' bhan-chòcaire, "tha 'm ministear mòr fhèin an seo cuideachd."

"Tha do theangadh-sa air shiubhal anns an dòigh bu chòir dhi, a nighean Alasdair Bhàin, agus chan iongnadh leam. Ciod e bhiodh sa chù nach biodh rud sa chuilean dheth," ars am ministear. "Ach, co-dhiù, chan ann a chumail seanachais rid leithid-sa de thuraid aineolaich gun tùr a thàinig mise an seo."

A' tionndadh ris an t-sluagh, thubhairt e: "Thallamaid a-nis dachaigh, a chàirdean. Chan ann ris na mnathan seo tha ur gnothach idir, ach ri Dùn Àlainn, agus chan eil fhios cò an càrn anns an do shlaod e e fhèin idir. Chan eil e coltach gum faic sibh an còrr a-nochd dheth, agus tha e glè choltach gun d' fhuair e gu leòir de fhios an eagail cheana, nuair a thug e 'm baile mu cheann mòr stalcach, 's a dh'fhàg e an caisteal for mèinn-sa. Tuigidh an cù fhèin a chionta, agus is math a thuig Dùn Àlainn e. Cha bhi dìreadh ris aig a sheòrsa gu bràth, ach tèarnadh leis nach bi mall no màineach. Thallaibh a-nis dachaigh air fad. Seasaidh mise air ur cùl cho fad 's a dh'fhanas putan am aodach − is chan fhada sin."

"Ochan, ochan!" bhrùchd a-mach às a' chuideachd air fad, agus shil deòir cuid dhiubh.

"Ach cha chuir sin bruaillean orm fhad 's a gheibh mi leabaidh an Uaimh nam Farabhalach còmhla ri Eachann a' Phaca agus Bodach nan Duilleag. Cha mhò chuireas pèin-dlighe na dùthcha eagal orm fhad 's a gheibh mi ceartas agus cothrom na Fèinne."

"Gheibh sibh ceartas!"

"Chan eil cùram dhuibh!"

"Glèidhidh sinn fhèin sibh!"

"Ho rè! Ho rè!" chluinnteadh à fichead sgòrnan tioram reasgach.

Dh'fhalbh iad an sin a-sìos an rathad bhon chaisteal, 's iad a' glaodh-aich 's ag òran, agus shealladh iad às an dèidh a' maoidheadh an dòrn.

Bha a' bhan-chòcaire mòr san doras a cheart cho cridheil riutha fhèin, 's i a' cur sluasaid na luathainn mun cuairt a cinn.

"Teichibh, a shlìomairean! Teichibh, teichibh!" ghlaodhadh i, 's i a' cur roimpe gun do chuir i ruaig orra leatha fhèin.

An-dràsta 's a-rithis thigeadh tè de na searbhantan à fròig an siud 's an seo anns a' choillidh. Shuas am mullach a' mhonaidh bha Dùn Àlainn fhèin 's a bhean, 's an dithis air chrith cho luath ri duilleig air craoibh, a' shealltainn bho chùl creige ciod e a bha a' dol.

B' e an da latha do Dhùn Àlainn uaibhreach reasgach e. Ach leòn e fhèin an sluagh foghainteach gus an d' èirich am fuil, 's an tug iad ionnsaigh air, ged bha na cuilg air chrith nam broillichean, is gath-bholg Dhùn Àlainn fhathast làn de ghaithean sgaiteach puinnseanta. Ach fhuair e, mu dheireadh, sgràilleadh a chuir sgreang an eagail na ghnùis, is a dh'fhàg giùgach e iomadh latha. Chunnaic e air a cheann thall nach obadh an sluagh duibh-leum a thoirt an craos fosgailte fiaclach an leòmhainn is buirbe.

An Sluagh air an Uilinn

"Ciod e a nì thu riutha nis, a dhuine?" arsa bean Dhùn Àlainn, nuair a thill iad a-staigh às an gàrraidh measg nan cnoc, is air faotainn an taighe mar gum biodh e air tighinn air cladach an dèidh stoirm. "Ciod e a nì thu riutha? Seall do chaisteal rìomhach. Chan fheum thu ionga no fiacaill a leigeil asta gus an dèan thu dìoladh orra a thaobh seo. Iadsan, do thuath mhìomhail ladarna fhèin! Iadsan, na cuileanan lapach loireineach, a' tighinn gu dalma a streap ri mialchu mòrail measail Dhùn Àlainn! An cluinn thu mi? Chan fheum thu duine fhàgail air lic no làraich dhiubh, no teine gun smàladh a bhith air an oighreachd. Dìoladh, dìoladh, dìoladh a thaobh seo: aon rud air am feum thu dìcheall a dhèanamh an dà latha seo."

"Air do shocair, a rùin! Gabh gu rèidh e. Gheibh sinn tron chàs anns an do chuir am ministear mòr sinn," arsa Dùn Àlainn, 's e a' sràid-imeachd feadh an t-seòmair, 's a bhasan fo chrios an fhèilidh, mar bu ghnàth leis nuair bhiodh ceist chudromach aige ra cnuasachd, agus snaidhm chruaidh ra fuasgladh. Bha an dà chuid an-dràsta aige.

"Gabh gu rèidh e, a ghaoil. Gheibh sinn rathad, ach chan e sin e. Chan eil thusa tuigsinn nàdar a' Ghàidheil. Seall an loch mòr ud shìos. Tha cheart cho math dhut feuchainn ri muir-làn bras an reothairt làidir a chumail air ais le slataig chaoil. Tha cho math dhut feuchainn ris an loch a thaomadh le slige maoraich 's a bhith feuchainn ris a h-uile làn slige thilgeadh thar nam beann gorma ud thall an aghaidh sgairt-ghaoith tuath, is feuchainn ris a' Ghàidheal a chumail fodha no cheannsachadh nuair thogar e. Faodaidh tu a liodairt, ach cha chuir thu às da. Faodaidh tu a leagail 's a chumail fodha, ach gu bràth cha toir thu a chàil bhuaithe, is èiridh e uaireigin eile, ga chrathadh fhèin, 's e cho mear 's a bha e riamh Fuilingidh e mòran an sàmhchair, agus le foighidinn, ach thoir an aire: chan e sàmhchair na sìmplidheachd a th' an sàmhchair a' Ghàidheil fon chuing, ach sàmhchair na h-aibhne far an doimhne i. Nuair a bhriseas e mach 's a thilgeas e an fhoighidinn air an dara taobh, 's an seòrsa sìmplidheachd seo air an taobh eile, 's a dhùisgeas e am feirg, 's a thòisicheas e air cladhach a-mach ceartais dha fèin, cò tha cho dàn is aghaidh thoirt dha?"

"Is leis an sin, ma-tà, nach eil ar beatha is ar cuid nan làimh, 's an geall na 's fhiach iad! Ciod a-nis a ghabhas dèanamh on thogteadh iad?"

"Gabhaidh. Gabhaidh. Feuchaidh sinn dòigh eile," arsa Dùn Àlainn air a shocair fhèin. "Cha ghabh an Gàidheal stiùradh le smachd, no cumail fo làimh le bhith feuchainn eagal a chur air. Tha e cho uaibhreach 's a tha cho iriseal. Tha e cho uasal 's a tha cho bochd. Tha e cho faireachail 's a tha cho breun. Tha e cho coibhneil sheirceil, bhlàth-chridheach ri nàmh air uilinn 's a tha cho garg fhuilteach neo-sgàthach ri nàmh air a chasan. Ma tha dòigh air a thoirt gu rathad, 's ann tro chridhe 'mhàin. Nì aon fhacal blàth coibhneil gràdhach bleideil an fheumnaich, an uair an uaireadair, rud a dh'fhairtlicheadh air an arm dhearg len sleaghan biorach is le an claidhmhnean rùisgte. Sin agad nàdar a' Ghàidheil. Bheir mi nis oidhirpean air am faireachdainnean. Bithidh mi coibhneil riutha. Àrdaichidh mi tuarastal an luchd-obair. Cuiridh mi stad air an ruagadh. Lùbaidh mi mi fhèin sìos dhaibh, is mar sin ruigidh mi oisean blàth nan cridheachan. Tuigidh bean bean eile, agus tuigidh Gàidheal Gàidheal. Tha iad dìleas dan cinn-fheadhna, 's a dh'aindeoin mar shàraichteadh iad, tha meas aca air euchdan nan sonn on tàinig mise, na suinn threun neo-sgàthach a lean an athraichean do iomadh blàr fuilteach. Sin agad na Gàidheil. Sin agad an fhuil ghlan tha 'm chuislean-sa. Sin agad i, agus sin an dòigh anns am feuch mi ris a' ghaoith a thoirt à siùil a mhinisteir mhòir, agus air an sluagh a tharraing orm a-rithis."

Ach bha e air chùl a naidheachd. Bha an sluagh air èirigh na aghaidh. Bha iad iomadh latha roimhe siud bruich a chùm èirigh. Cha robh gan dìth ach ceannard gam brosnachadh 's gan stiùradh, agus fhuair iad e. Fhuair iad am ministear mòr còir, ach mì-fhortanach.

An dèidh aramach na h-oidhche ud, cha robh teintean eadar dà cheann na sgìreachd aig nach robh a' cheist air a cliath-liodairt a latha 's a dh'oidhche. Bha iad an geall air a' chuid a b' fheàrr a dhèanamh den chuid bu mhiosa, agus an casan fhorcadh an aghaidh riaghladh Dhùn Àlainn air fearann an athraichean-san cho math ra athraichean fhèin. Bha iad air an dùsgadh às an t-suain san robh iad, agus chuir an dùsgadh sin clach an craos ain-tighearnais feadh na Gàidhealtachd air fad. Thug e an gath a beul nathrach-nimhe an fhògraidh, agus chaidh stad obann a chur air an ruagadh. Cha b' uilear dha. Beagan làithean an dèidh na h-ùpraid a chaidh ainmeachadh cheana, cha robh duine a bhiodh am fradharc cèard-thaigh A' Choire, nach fhaiceadh grunnan dhaoine nan seasamh aig an doras. Fad dà latha cha robh neach a rachadh a-suas no a-nuas an rathad mòr, nach rachadh a-nunn a leughadh rudeigin, 's an sin chiteadh nan seasamh iad a' deasbad ra chèile ciod e a bh' ann? Seo na bh' ann: fuagradh a chuir am ministear mòr a-suas, agus b' e seo e:‑

FEART

—

DÌ-LARACHADH NA DÙTHCHA

—

BITHIDH AN T-URRAMACH DÒMHNALL STIÙBHART

A' LABHAIRT AIR A' CHEIST CHUDOMAICH SEO,

AGUS AIR CÒIRICHEAN AN T-SLUAIGH AIR AN FHEARANN.

SAN ACHADH BHÀN,

AIG LETH-UAIR AN DÈIDH SEACHD

DICIADAIN SEO TIGHINN.

THA CUIREADH AIG GACH NEACH A THOGRAS A BHITH AN LÀTHAIR, AGUS A BHEACHD A THOIRT.

—

THIGEADH NA H-UACHDARAIN!

THIGEADH NA BÀILLIDHEAN!!

THIGEADH NA COIN BHEAGA AIR FAD!!!

AN SLUAGH AIR AN UILINN.

Thàing e gu aona-cheann mu dheireadh. Bha am bonnach beag ga ghrèidheadh, is cha robh fios cuin a bhiodh e bruich. Chuir Dùn Àlainn 's na h-uachdarain uile an cinn ra chèile feuch ciod e a ghabhadh dèanamh anns an ainneart a dh'èirich a-mach.

Bha am ministear na dhuine foghlaimte fiosrach, agus gu math grunndail an seann eachdraidhean na rìoghachd seo agus rìoghachdan na h-Eòrpa air fad, agus bha eagal air na h-uachdarain gum fosgladh e sùilean an t-sluaigh, is gun dèanadh e tuillidh 's lèirsinneach air gnothaichean coitcheann iad. Nan tachradh seo, bha e cunnartach do na h-uachdarain fearainn air fad, 's an tuath cheana, an seadh, an dèidh iad fhèin a sgeadachadh nan lùirichean cogaidh. Leis an sin, nan gabhadh e dèanamh, dh'fheumteadh cnag a chur anns a h-uile toll a dhèanadh am ministear mòr, oidhche na coinneimh.

B' e an dà latha e! O chionn beagan ùine is gann a gheibheadh iad an srònan a shèideadh. An-diugh bha iad a' cumail cadal na h-oidhche bho Dhùn Àlainn. Is gann a chìreadh e cheann, is bha aodann air seacadh, is pocan dubha fo na sùilean aige.

Thàinig feasgar na coinneimh. Chruinnich an dùthaich gus an Achadh Bhàn. B' e siud an ùpraid nach robh a-riamh roimhe san sgìreachd mun cheart nì. Cha robh rathad a bha a' tighinn a' dh'ionnsaigh an Achaidh Bhàin nach robh breac dubh le daoine, sean is òg, 's iad a' dèanamh gaoir-chatha a bha a' toirt air mac-talla nan creag a bhith a' nuallanaich far sheachd beann. Chuala Dùn Àlainn an fhuaim, agus chaidh bior na chridhe mar shaighead o bhogha sreangach. Bha na mnathan 's a' chlann nan seasamh sna dorsan a' togail an iolaich fhèin, 's a' crathadh brataichean iol-ghnèitheach os cionn an cinn.

Am meadhan pàirce an taigh-mhòir, bha an luchd-obair fhèin a' bualadh am bas 's ag èigheach mar gum biodh iad cheana is dorsan na saorsa fosgailte dhaibh. Air mullach creige mòire, beagan astair on rathad, bha fear a' leum 's a' dannsadh 's a' cluich a làmh 's a' glaodhaich: "Fhuair sinn a' bhànag, mu dheireadh. Ho-rè! Ho-rè! Fhuair sinn a' bhanag, mu dheireadh."

"Gum meal 's gun caith sibh i, ma-tà!" fhreagair aon de na bha dol seachad.

Bha an Achadh Bàn breac dubh le daoine. Cha robh gille cas-fhliuch aig uachdaran mun cuairt nach robh an làthair. Mar a h-aon 's mar a dhà, bha ministear na Sgìre Bige, a bha sa choimhearsnachd ris a' mhinistear mhòr. Bha esan a' cumail a-staigh air na h-uachdarain a cheart cho fada 's bha am ministear mòr a' cumail a-mach orra. Ach, ma bha, cha robh e air a thogail air bharraibh bas, mar their iad, aig an t-sluagh, mar a bha am ministear mòr.

Co-dhiù, thòisich a' choinneamh. Sheas am ministear air creig bhig an ceann an achaidh, agus liubhair e òraid nach cuala duine san èisteachd a-riamh a leithid.

Am Ministear Mòr a' Cur dheth

Am measg na thubhairt am ministear, ars esan:–

"Buinidh am fearann don Stàit a-mhàin. Tha beòshlainte a' chinnidh dhaonnda uile tighinn às, is chan eil e ceart no cothromach gum biodh a leithid de chumhachd 's a leithid de ùghdarras aig neach sam bith 's gun toireadh e an spàin a beul a cho-chreutair, le thilgeadh a-mach a chuid fearainn, is às a dhachaigh, ged a b' ann a-mach air a' chuan a rachadh e, a dhèanamh àite do fhèidh is do chaoraich."

"Ho-rè! Suas i, mhinisteir!" ghlaodh an sluagh.

"A chàirdean," ars am ministear a-rithis, "'s i ceist chudromach a th' an seo. Bheir mi dhuibh coimeas. Cò thug cumhachd do Dhùn Àlainn thar na bheil aige de fhearann? Cò chuir an seilbh cho mòr e air an fhonn, agus oirbhse tha ga àiteach o chionn linntean a tha cho fada air ais ri Ciaran Cas a' chuaille chnuacaich bhon tàinig e – agus, math dh'fhaoidteadh, nas fhaide? Cò thug a leithid de ùghdarras dha thairis oirbhse is gum faod e ur làimhseachadh mar thràillean dubha nan Innsean? Sin agaibh a' cheist: agus, do bhrìgh gu bheil feadhainn an làthair an seo a thàinig a dh'aon obair a thoirt a' ghath às na their mise, agus a chur clach an craos an adhbhair, freagraidh mi a' cheist, agus bheir mi na fiaclan sgorrach puinnseanta, à clab-sgrùdaidh abhagan nan uachdaran mum fosgail iad am beul."

"Ho-rè! Suas i, suas i! Gasta, mhinisteir! Is sibh tha còrdadh ruinn! Suas i!"

"Nis, gabhaibh beachd," ars am ministear, "tha còir dhligheach aig gach neach air an fhearann. 'S ann leis an stàit a tha e, agus 's iad an sluagh an stàit."

"Sin e! Sin e, dìreach!" ghlaodh aon leth-cheud còmhla.

"A-nis, tha còir aig Dùn Àlainn air fearann cho math ri duine eile, ach chan eil còir aige ach air uilearachd, is chan eil còir idir aige air cuid dhaoine eile."

"Ceart gu leòir! Ceart gu leòir!" ghlaodh an sluagh.

"Nis, gabhaibh beachd air a seo. Anns na seann linntean, nuair a rachadh neart thar ceart, mar tha an-diugh fhèin, bha daoine bha gleusta treun geurchuiseach, agus seòlta, air an taghadh a dhol air ceann an t-sluaigh. B' iad sin na cinn-fheadhna. Nuair thoirteadh a-mach fearann le faobhar a' chlaidheimh, bha h-uile fear a' faotainn a chuibhrinn fhèin, is bha còir cho dligheach is cho laghail aige air, 's a bha aig a' cheann-fheadhna air a chuid fhèin, gun mhàl, gun chàin, gun fhiachan, ach seirbheis cogaidh nuair b' fheudar i. Sin agaibh mar a bha."

"Ach bha seo ann," ars esan. "Thug an rìgh, no 'n crùn, cinn-bheartas don cheann-fheadhna thairis air fearann a chineil, agus 's ann bhuaithe sin a dh'èirich an truaighe air a' cheann mu dheireadh, le seòltachd is sniadaireachd is feallsachd nan ceann-feadhna is an àrd-riaghlaidh."

"Anns na seann linntean nuair phòsadh tè den cuid nighean, bha aig na cinn-fheadhna ri suim shònraichte de airgead a thoirt don rìgh. Ach chan ann mar sin a tha chùis an-diugh. Chan ann. Thàinig iad gu seòlta bradach mun cuairt oirbh. Rinn iad laghannan a fhreagairt orra fhèin, gus an do shruth cìsean mar seo, den robh iadsan a-mhàin buailteach, far an dromannan fhèin, mar a shruthas uisge far druim a' gheòidh, agus laigh iad gu maol marbh socrach, air ur dromannan-sa, còmhla ri màl ceithir-fillte na h-eucorach. Sin agaibh a' chluich a chaidh a dhèanamh oirbh. Sin agaibh ur cinn-fheadhna. Sin agaibh ur n-uachdarain. Sin agaibh samhladh nan sàr don do dhòirt ur n-athraichean a-mach fuil an cridheachan, agus leis an do cheannaich iad am fearann 's am fonn as a bheil sibh an-diugh gur fògradh mar thràillean."

"Cùl riutha! Cùl riutha! Ho-rè! Cumaibh oirbh, a mhinisteir. Cumaibh oirbh! Suas i!"

Chluinnteadh an fhuaim astar air falbh, is na bha air taobh a-muigh an Achaidh Bhàin a' freagairt na h-iolaich a bha a-staigh le gaoir chruaidh sgaiteach.

Ach lean am ministear air aghaidh:−

"Tha sibh a' tagradh nan Sasannach. Cha do rinn iad beud oirbh, ach rinn ur cinn-fheadhna shuarach shniadach fhèin e le foill is le eucoir. Chan eil mi a' ràdh nach ann à Sasann a thàinig an galar èitidh a chagainn 's a shluig 's a chnàmh sibh, ach b' iad ur cinn-fheadhna shanntach a thug dhachaigh e. Mun tubhairt Emerson e, an sgrìobhadair mòr Aimeireagach ud, chaidh an dùthaich seo bun os cionn, 's an sluagh a chreachadh 's a dhèanamh nan tràillean bhon latha ud anns a' bhliadhna 1066, san tàinig fichead mìle mèirleach air tìr do Shasann às an Fhraing. Ciod e a bh' anns na Normanaich ach daoine borba aineolach, do nach b' aithne an aodach a chur orra an coimeas ris na Sasannaich a cheannsaich iad. Sin an treubh a thruaill ar dùthaich 's a dh'atharraich ar cleachdainnean glan fallan foirfe. An dèidh do na Normanaich bhith faisg air dà cheud bliadhna anns an dùthaich seo, gan cìreadh 's gan slìobadh fhèin, thòisich iad air diùcan 's air barain 's air ridirean 's air iarlachan a dhèanamh dhiubh fhèin. Chuir iad an sin suas taigh mòr nam maithean an Lunnainn, agus bhon ionad sin riaghail iad an dùthaich, agus chùm iad an casan air amhaichean an t-sluaigh, mar tha iad a' dèanamh gus an latha an-diugh."

"'Nuas na maithean!"

"Tha sin ùr dhuinn!"

"Na cealgairean! Na cealgairean!" ghlaodh an sluagh, a bha mion-èisteachd na h-òraid.

"A chàirdean," ars am ministear, "their iad ribh gu bheil saors' agaibh, ach tha mise 'g ràdh gur tràillean sibh."

Thog seo ochanaich feadh na cuideachd.

"Tha mi 'g ràdh ribh, agus dearbhaidh mi e, gu bheil còrr agus dà fhichead millean tràill taobh a-steach còrsan Bhreatainn. Nis, thugaibh an aire: tha fearann na rìoghachd seo an seilbh eadar deich mìle fichead agus dà fhichead mìle uachdaran. Tha, mar an ceudna, mu dhà fhichead millean de shluagh san rìoghachd, agus a rèir lagh shìobhalta na rìoghachd tha comas agus cumhachd aig an deich mìle fichead, no an dà fhichead mìle, uachdaran an gas-sguabaich a chur mu chùl an dà fhichead muillean pearsa seo, agus an sguabadh am mach don chuan. Ciod e a tha an sin ach staid, agus fìor staid, na tràillealachd?"

Thug am ministear breab da chois air a' chreig an co-sheirm ris na facail. Dh'èigh iad, is ràn iad, is chrath iad am boineidean os cionn an cinn gus nach robh ciall stad aca, agus abhagan nan uachdaran air chrith air an casan.

"Sin agaibh na diùcan. Sin agaibh na ridirean rìomhach. Sin agaibh na h-iarlachan, 's na barain, 's na h-uachdarain air fad!"

"Ho-rè! 'Nuas na ridirean! 'Nuas na h-uachdarain! 'Nuas na cealgairean! 'Nuas iad! 'Nuas iad!" ghlaodh an sluagh.

"Tha sibh nur tràillean aca, ach fo ainm dhaoine aig a bheil saorsa agus cead an coise. Coimeasaibh sibh fhèin ris an tràill, agus chì sibh le ur sùilean dall doilleir fhèin, nach e 'mhàin gu bheil an tràill cas air chalpa ribh, ach gu bheil ceann garbh a' bhat' aige, agus an ceann caol agaibhse, agus cha ghlèidh sibh ur grèim."

"Hò, gasta, mhinisteir. Gasta! Gasta!" ghlaodh na bh' ann a-rithis.

"'Nuas leth-bhodach eile!" ghlaodh fear de abhagan nan uachdaran.

"Air falbh e! Air falbh e! Air falbh an comhair a chas e!" ghlaodh dà fhichead òganach smearail, is iad a' sealltainn an rathad às an tàinig an guth a bha a' toirt sàthaidh don mhinistear.

"Air falbh air fad iad! Air falbh na cuileanan!" ghlaodh a' chuid-eachd, 's a h-uile fear a' cur dheth, 's am ministear a' glaodhaich sìth a dhèanamh.

Ach cha dèanadh e feum. Chaidh breith air sgòrnan air an fhear a bhruidhinn, agus chaidh a thogail air falbh gun a chasan a bhuntainn don talamh.

Nuair a shocraich iad, thòisich am ministear a-rithis.

"Nis, seallaibh air a' chùis mar seo," 's e mar gum biodh e sgrìobhadh le chorraig air a bhois, "nam biodh fear an sin aig am biodh ceud no dà cheud tràill, agus gun cuireadh e dh'oibreachadh a chuid fearainn iad, bha e an geall air na tràillean, 's air am mnathan, 's air an cloinn a bheathachadh 's a chòmhdach. Ach, nuair a chitheadh e gum pàigheadh am fearann na b' fheàrr le fèidh no caoraich a chur air, chuireadh e na tràillean a-mach air a' mhuir."

"Nis, chan eil ur cor-sa nas fheàrr na sin, mur eil e nas miosa. Tha cùram ur mnathan 's ur teaghlaichean oirbhse sibh fhèin. Feumaidh sibh, aig an àm cheudna, oibreachadh bho mhoch gu dubh a cheart cho goirt ris na tràillean, agus air a' cheann mu dheireadh, nuair a chì an t-uachdaran iomchaidh e, èiridh dhuibh dìreach mar a dh'èireadh do na tràillean, agus dh'èirich e cheana do mhòr-roinn na dùthcha seo: ur sguabadh a-mach air a' mhuir. Ciod e a tha sibh nas fheàrr na tràillean aige sin?"

"Cha an eil dad. Chan eil mìr!" ghlaodh an sluagh.

"A bheil sin ceart no cothromach?"

"Chan eil, chan eil!" ghlaodh a' chuideachd.

"Sin agaibh ur staid, ma-tà. Sin agaibh ur suidheachadh. Chan fheàrr sibh na na tràillean! Fo chuing 's fo shàil Dhùn Àlainn dhuibh bhuirb bhrèin aineolaich!"

"Ho-rè! Suas i! Suas i! Ceart gu leòir, a mhinisteir."

"Gasta, gasta! Suas a-rithis i! Suas i! Suas i!" ghlaodh a' chuideachd, gus nach mòr nach do sgàin iad.

"A chàirdean," ars am ministear a-rithis, "bha Ghrèig agus an Ròimh o shean anns a' cheart suidheachadh sa bheil Ìmpireachd Mhòr Bhreatainn an-diugh, agus chuir maithean na Grèige a' Ghrèig don ùir, agus chuir maithean na h-Eadailte an Ròimh don ùir leis a' cheart inneal a th' aig maithean Bhreatainn nan dùirn an-diugh uachdaranas an fhearainn, agus air a' cheart dòigh tha maithean na dùthcha seo a' buntainn ris an t-sluagh an-diugh: gam fògradh far an fhearainn.

"Mo thruaighe, mo thruaighe!" chluinnteadh thall 's a-bhos.

Bha am ministear gu math seòlta domhain e fhèin, agus bha fios aige gun tàirneadh e aire an t-sluaigh na b' fheàrr le bhith a' toirt dhaibh stiallan de sheann eachdraidh na Grèige 's na Ròimhe, agus le bhith a' cleachdadh ainmean nach cuala iad a-riamh, agus a bhiodh a' cur coltas doimhneachd agus foghlaim air an òraid. Bha fios aige gum biodh buaidh na bu mhotha aige seo air a luchd-èisteachd.

Ars esan a-rithis:–

"Nuair a dh'èirich a' cheart seòrsa truaighe seo a-mach anns a' Ghrèig, chùm Solon agus Lycurgus an dromannan gu fearail duineil gleusta ri sruth làidir na h-eucorach, ach air a' cheann mu dheireadh, fhuair na maithean a' bhuaidh.

"Sheas Licinius anns an Ròimh, mar an ceudna, an aghaidh na droch ghiollachd a bh' air a luchd-dùthcha fhèin, ach fhuair na maithean buaidh san Ròimh, mar an ceudna. Agus ciod e thachair? Thachair, air a' cheann mu dheireadh, gun do chaill a' Ghrèig agus an Ròimh an casan agus gu bheil iad fhathast air an glùinean."

Chòrd seo gu h-anabarrach ris an t-sluagh, agus smaoinich am ministear gum b' fheàirrd iad tuillidh dheth.

"A chàirdean," ars esan, "tha an suidheachadh anns a bheil sibhse a' toirt a'm chuimhne nam briathran geur domhain, agus fìor, a labhair Tiberius Gracchus ris na Ròmanaich o shean: 'A mhuinntir na Ròimhe,' arsa Gracchus, 'their iad uachdarain an domhain ribh, ach chan eil còir dhligheach agaibh air aon troigh de fhonn. Tha garaidhean aig na beathaichean fiadhaich, ach chan eil aig flaithean na h-Eadailt' ach uisge agus athar.'

"Nach math a fhreagras na ceart bhriathran sin oirbhse! Nach math a fhreagras na briathran sin air flaithean na Gàidhealtachd! Nach math a fhreagras iad air sìol nan sonn a rùisg an claidheamhnan geala agus a dhearbh an cliù aig Ticonderoga, aig San Sebastián, aig Corùna, aig Bhatarlù, 's aig iomadh blàr fuilteach eile. Seadh! Nach math a fhreagras sin air flaithean na Gàidhealtachd aig nach eil de chòir air an dùthaich ach na dh'fheumas iad den athar a tha os an cionn, agus den uisge a tha ruith na glinn. Ma tha neach a làthair is urrainn cur an aghaidh aon dad a thubhairt mi, seo an t-àm agus seo an t-àite."

Aig an seo, shuidh am ministear air cloich a bha a' dèanamh àite cathrach, a' suathadh aodainn. Thog a' chuideachd an guth. Rinn iad iolach àrd chruaidh, is fhreagair na cnuic 's na coilltean mun cuairt an gàir.

Am Ministear Mòr a' Cur Tuillidh dheth

Thàinig an sin ministear na Sgìre Bige air aghaidh. Bha sùil aige air a' mhinistear mhòr, sùil aige air a' bhàillidh a bha làmh ris, agus sùil air an luchd-èisteachd a bha a' tionndadh mun cuairt a shealltainn airsan thar cinn a chèile.

"Dh'èist mi gu foighidneach ri òraid Maighstir Stiùbhart," ars esan, "agus bha toil agam – bha miann orm – bha toil – bha toil –"

"Ciod e tha thu a' toirt oidhirp air a ràdh, a bhròinein. Thig a-mach leis gun eagal, gun ghioraig. Chan èirich beud an seo dhut," ars am ministear mòr.

"Mas ann a sheasamh nan uachdaran a thàinig e an seo, tha cho math dha a chasan thoirt leis," arsa fear, 's e bruidhinn am meadhan na cuideachd.

"Air falbh e! Air falbh e, air an spiol!" dh'èigh aon leth-dusan eile, 's iad a' glaodhaich còmhla an siud 's an seo feadh na cuideachd.

"Sàmhchair! Sàmhchair!"

"Air falbh e! Hò! Na faigheadh e èisteachd! Air falbh e! Hur-r-r! Cumaibh na thost e! Nach dalma e! Air falbh, air falbh e!" chluinn-teadh na aon ghaoir, mar gum biodh coire air ghoil. Cha robh duine air an achadh nach robh aghaidh air ministear na Sgìre Bige, agus esan sùil mo thruaighe aige air a' mhinistear mhòr.

Sheas am ministear mòr, thog e suas a dhà làimh, is ghlaodh e: "Bithibh sàmhach, a chàirdean. Sàmhach! Sàmhach! Istibh!"

Thug gach duine feairt air a' mhinistear mhòr, agus dh'èist iad gu sàmhach iriseal.

"Tha làn chead aig mo charaid a bheachd a thoirt air rud sam bith a chual' e an seo a-nochd. Tha làn chead aige, mar an ceudna, an t-uachdaran a sheasamh, bhon a tha e glè choltach gu bheil e na chù chlapadh chuileag aige. Siuthad a-nis, a bhròinein. Gabh air d' aghaidh."

Thòisich ministear na Sgìre Bige a-rithis – "am ministear caol," 's e bu trice gheibheadh e.

"Bha toil agam aire na cuideachd a tharraing gu rud no dhà a thubhairt mo charaid, Maighstir Stiùbhart, mun fhearann, agus mu chòir nan uachdaran bochda air."

"Ha ha ha," ghlaodh na bha làthair. "Bochd! Bochd! Nach iad a tha bochd! Nì sinn iomlaid riutha!"

Nuair a shìolaich e sìos gu sàmhchair a-rithis, lean am ministear caol, 's e air chrith air a chasan leis an eagal, agus am ministear mòr air chrith air a chloich leis a' ghàireachdaich.

"A rèir eachdraidh, tha Maighstir Stiùbhart glè cheàrr. Tha làn chòir aig na h-uachdarain air an fhearann le còir dhlighich on chrùn. Tha fios againn gun robh e daonnan na chleachdadh aig a' chrùn, agus gu bheil a' cheart chleachdadh ann an-diugh fhathast, a bhith toirt cuibhreannan fearainn, no suim airgid, do dhaoine gleusta a bha dìleas don chrùn, 's a' dèanamh seirbhis dha, len cinn, lem pinn, 's len claidheamhnan. Tha fios againn, cuideachd, gun robh e na chleachdadh, 's gu bheil e na chleachdadh gus an latha an-diugh, a bhith cur urraim agus onair air daoine den t-seòrsa sin, agus a bhith dèanamh diùcan is iarlachan is barain is ridirean dhiubh. A-nis, bhon a tha sin mar sin, nach math is nach onaireach còir an sìl air, a dhèanamh ris no riutha mar a thogras iad."

"Is geur sicir do sheanchas, a charaid, ach tha thu ceàrr. Tha thu ceàrr fad do dhroma, is cha ghoirid e," ars am ministear mòr.

Air na facail seo a chluinntinn, dh'fhàs a' chuideachd cho subhach 's a bha i tostach sprochdach am fad 's a bha am ministear caol a' labhairt. Shaoil iad nach biodh fosgladh a bheòil aig a' mhinistear mhòr tuillidh, a chionn b' e an seòrsa creud a chuala iad aig a' mhinistear chaol, a chaidh a chalcadh nan claigeann fad am beatha.

Thog e am misneach nuair a thòisich am ministear mòr a-rithis:–

"Chan eil mise ag ràdh nach eil còir aig na h-uachdarain air fearann cho math ri daoine eile, ach chan eil còir aca, mar a thubhairt mi, air cuid dhaoine eile, no bhith gabhail còir air mar a rinn iad, leis an fhoill, agus an sluagh dam buineadh e, 's aig an robh feum mòr air, agus a bha dèanamh feum mhòir dheth, a sguabadh air falbh gu iomall an domhain. Nach eil sin ceàrr? Faodaidh tu do thaigh a dhèanamh nas motha, faodaidh tu do bhàta a dhèanamh nas motha, agus faodaidh tu do ghàrradh a dhèanamh nas motha, ach cha ghabh aon làn sluasaid cur ri fearann Bhreatainn, ach na bheil air, is chan eil e ceart gum biodh a leithid de chumhachd aig neach sam bith air aon làn spàine de fhearann na dùthcha, 's gun rachadh aige air a cho-chreutair a chur dheth. A chàirdean, ciod e a chuireadh gum biodh cumhachd aig uachdaran fearainn thairis air an tuath nach eil aig an rìgh fhèin? Freagraibh sin. Ghlac iad fearann an t-sluaigh leis an fhoill. Ghlac iad fearann na h-eaglais leis an fhoill. Tha iad gan glèidheadh le chèile gus an latha an-diugh leis an fhoill, agus a' dèanamh ris gach clod dheth, air an dìon len laghannan eucoireach fhèin, an rud a thogras iad fhèin, leis an fhoill. Foill! Foill! Foill bho thoiseach gu deireadh."

"Sin sibh, eudail, a mhinisteir," ghlaodh an sluagh.

"Hùidh! Hùidh! Suas i! Suas i!"

"A-nis, a chàirdean, bhon a dhùisg mo charaid an siud shìos a' cheist."

"Chan e caraid, ach nàmhaid: nàmhaid an adhbhair!" chaidh a ghlaodhadh.

"Mar a thubhairt mi," ars am ministear, 's e a' leantainn, "chan eil mise 'g ràdh nach eil neach a nì seirbhis mhath da dhùthaich dligheach air duais agus urram agus onair. Chan eil idir. Is fada bhuam e. Ach tha mi an aghaidh seo. Tha mi an aghaidh neach sam bith a dh'fhaotainn tuillidh 's a chòir, tuillidh is fheumalachd. Chan eil mi faicinn nach leòir do neach sam bith duais riaghailteach chuidicheas leis a theaghlach a thogail gu inbhe a rèir an t-suidheachaidh anns an do chuir a ghleustachd fhèin e fhèin, agus an dèanamh uidheamaichte a dhol a-mach a thoirt sgarbh à creagan dhaibh fhèin. Ach tha mi an aghaidh mì-riaghailt agus creachadh sluagh na dùthcha le duaisean ana-cearta ana-cuibheasach, agus mì-riaghailteach a bhith air an toirt do neach sam bith air dhòigh 's nach leig a h-aon da shìolaidh leas làmh no cas a ghluasad gu bràth tuillidh, ach ag èirigh, 's a' laighe, 's ag itheadh, 's ag òl, 's a' struidheadh 's a' cosg am beatha anns a h-uile seòrsa bèistealachd, gun mhath, gun fheum dhaibh fhèin, no dan cuideachd, no don stàit."

"Sin e, sin e!" thàinig le sunnd à meadhan na cuideachd.

"Chan eil mi an aghaidh duine sam bith a bhith air a dhèanamh na dhiùc, no na ridire, ma choisinn e sin air a dhùthaich le bhuadhan 's le ghleustachd 's le thrèine fhèin, ach tha mi airson gum bàsaicheadh an ridireachd leis fhèin, no gum biodh 'diùc' diuchaidh an latha rachadh e an uaigh, an àite an comharra urramach seo a bhith air a shìneadh a-nuas da shliochd fad linntean, agus am mac as sine anns gach teaghlach, mar thig iad, a' cosg 's a' caitheamh urraim agus onair nach do choisinn e, agus, math dh'fhaoidteadh, air nach airidh e. Chan eil mi air taobh neach sam bith a bhith giùlan comharra-cluaise den t-seòrsa seo mur do choisinn e fhèin e, agus, còmhla ris a sin, a bhith faotainn cead suidhe an Taigh Mòr nam Maithean a riaghladh na dùthcha seo, ged a b' iad balgairean, ged a b' iad amadain bu mhotha bha riamh air an t-saoghal."

"Ceart gu leòir! Ceart gu leòir!" chluinnteadh às a h-uile beul.

"A chàirdean, 's i droch riaghailt a tha an siud. Droch chleachdadh a tha toirt orra fhèin 's air daoine bochd eile a bhith smaointinn gu bheil iadsan de fhuil 's de fheòil nas fheàrr na an co-chreutairean. 'Seann teaghlaichean,' deir iadsan! Chan eil iad mìr nas fheàrr, agus chan eil an teachd nas sine, aon stoileam, na an duine as bochdainne san dùthaich, ged a tha an comharra-cluaise seo, mar charragh-chuimhne an cladh, gan cumail mu choinneamh ar sùl nas fheàrr.

Thàinig a' choinneamh anabarrach seo gu crìch mu dheireadh. Thog an sluagh am ministear mòr air an guaillean leis a' mhoit, ach shnàg am ministear caol slìogach, air falbh gun fhios, air eagal gun toireadh an sluagh garbh-làimhseachadh dha.

Cnuasachd Òraid a' Mhinisteir Mhòir

Chùm a' choinneamh mhòr seo cnàimh ra chagnadh ri muinntir na sgìreachd air fad, a h-uile h-àite san suidheadh no an seasadh iad. Chùm i cagnadh ris na h-uachdarain bheaga is mhòra, cuideachd, ge b' e cò chluinneadh e. Ach feuch an cluinnteadh. A' chuid a b' fheàrr chan fhairichteadh. Cha robh bonn coise san dùthaich a bha cho sàmhach tostach ris gach bàillidh is ris gach uachdaran. Bha an uiread sin de ghliocas is de sheòltachd an t-sionnaich annta. Ach aon rud a bha fìor, cha robh maor no earraid a bheireadh aghaidh eadhan air taigh cailleach a' phoca, le bàirlinn, eagal 's gum biodh e air a thogail far aghaidh na talmhainn le corraich an t-sluaigh, an dèidh a' bhrodaidh a rinn òraid a' mhinisteir mhòir air sluagh-iùl na dùthcha orra.

An ceann oidhche no dhà air a' choinneimh, thachair grunnan air a chèile, mar b' àbhaist, an Taigh Pàrlamaid a' chlachain: Bùth Mhic Iain Bhig. Mar a h-aon 's mar a dhà, bha Eachann a' Phaca ann, is thòisich an deasbad.

"Thèid mise 'n urras," ars an greusaiche, "gun d' fhuair sinn ar leasan beag an oidhche roimhe."

"An-dà, gu dearbh fhèin, fhuair," arsa Mac Iain Bhig fhèin, 's e na sheasamh, 's a ghuala ris an t-similear, 's e mèananaich. "Chan eil dùil a'm," ars esan, 's e a' cur na dara coise thairis air a' chois eile, 's ga shocrachadh fhèin ris an t-similear, 's e gliongartaich airgid san dara poca, is pasg iuchraichean sa phoca eile, "chan eil dùil a'm, gu dearbh, gun cuala mi iomradh riamh roimhe uachdarain uaibhreach na Gàidhealtachd a dh'fhaotainn a leithid de thàir. Ged nach biodh ach teintean Dhùn Àlainn a ruigheachd, agus e fhèin 's a bhean a thoirt a' mhonaidh orra, mar gum biodh sionnach air fhuadach às a gharaidh, is coin air lomhainn às a dhèidh."

"Nach b' i an t-searbhag i!" ars an greusaiche air a shocair fhèin, 's an cumadh a chuir e air a bhilean ag innseadh cho math 's a bha an rud a' còrdadh ris.

"Nach b' i an t-searbhag i, da-rìreadh!" ars Eachann a' Phaca, 's e a' leigeil a phaca air beul baraille. "Nach b' i an t-searbhag i, da-rìreadh. Nach esan, a mhic chridhe, a chlisg am brochan nach d' òl e! Eudail, eudail! Fheara, nach esan a rinn sin. Am fear nach fhaotainn ach gann mo shròn a shèideadh taobh an rathaid mhòir san oidhche eagal 's gun cuirinn sgaoim air gob-saic –"

"'Gudaboc,' Eachainn," arsa Mac Iain Bhig.

"'Budagoc,' tha dùil a'm a th' ann," ars an greusaiche.

"Sin sibhse daonnan," ars Eachann.

"Ciod e an t-eadar-dhealachadh a th' ann, 'gud' no 'bud' no 'gob' air an dara ceann na 'goc' no 'boc' no 'sac' air a' cheann eile. Nach eil sibh a' tuigsinn ciod e tha mi 'g ràdh!"

"Tha, tha, gun teagamh," ars a h-uile fear a-riamh.

"Seadh, ma-tà! Seadh!" ars Eachann, 's i air bualadh shuas aige.

"Ciod e tha sibh fhèin ag ràdh, Dhòmhnaill, a-nis, mun a h-uile dad a tha dol?" ars an greusaiche ri Dòmhnall Saor, 's e na shuidhe air bocsa, taobh a' bhalla, a chasan bac air oireig, 's a thaic ri bolla de mhin-pheasraich.

'S e duine a bh' an Dòmhnall Saor nach cuala duine a-riamh a ghuth mòr no a dhroch fhacal mu dhuine sam bith, a thigheachd air an uachdaran no air a' bhàillidh a spùinn le chèile e. Bha croit mhath fo làn stoc cruidh is chaorach aig Dòmhnall, ach thug am bàillidh bhuaidhe i, a chionn gun robh i freagrach air fhèin. Thug e bhuaidhe, mar an ceudna, an stoc 's am bàrr, is phàigh e e mar a thogair e fhèin. Phàigh e ochd sgillinn deug an tè air na caoraich.

"An-dà," arsa Dòmhnall, 's e a' freagairt a' ghreusaiche, "chan urrainn mi fhèin dad a ràdh, ach tha mi faicinn rudan gu math neònach. Ach siud rud nach do smaoinich mi riamh air, mar a tha leithid de chomas aig làn na dùirn de dhaoine, agus mòran dhiubh gun toinisg, a h-uile sùil san rìoghachd a chur a-mach air a' chuan. 'S e rud anabarrach a th' ann, mar tha na daoine mòra ud a' tighinn beò 's a' fàs beartach le saothair làimh dhaoine eile. Nach seall sibh, mar choimeas, a liuthad punnd Sasannach a tha Dùn Àlainn fhèin a' cur na phòca airson màl thaighean anns nach do chuir e sgillinn odhar riamh, no uiread mo dhùirn de chloich, no làn spàine de aol. A bheil sin ceart? A-nis, seallaibh seo."

B' annamh le Dòmhnall a bheul fhosgladh, ach air an àm seo thàinig an glomhar às. Shocraich e e fhèin air a' bhocsa, shuath e sadach na min-pheasraich far uilne, is leudaich e a-mach a' chùis a rèir a bheachd, le sgailceadh corraig air muin boise.

"Seallaibh seo," ars esan, "ma bhàsaicheas neach gun oighre, 's gum fàg e airgead, 's e an Crùn a thig air a h-uile sgillinn dheth. Nis, nam biodh neach ann aig am biodh taigh math fiachail, 's an aonta ruith a-mach, gabhaidh uachdaran an fhearainn còir air, ma thogras e. Nach iomadh taigh san dùthaich seo fhèin a's a bheil Dùn Àlainn faotainn màil mhòir nach do chosg e sgillinn ran togail, agus àl na feadhnach a chuir suas iad beò slàn san dùthaich. Nach eucorach sin? Mura biodh duine ann a thagradh iad, cha bhiodh an eucoir uile gu lèir cho follaiseach, ach aige sin fhèin, tha e ceàrr. Carson nach tagradh an stàit iad mar an t-airgead? 'S e bu chòir a bhith ann, seo. Bu chòir lagh a bhith ann a chùm agus, nuair a dh'èireadh cùisean den t-seòrsa ud a-suas, gun rachadh an taigh, mar gum biodh, a mheas agus a reic − ris an uachdaran nan toileadh e − an stàit a ghabhail an airgid, ach cuibhreann dheth a thilleadh air ais don sgìreachd anns an robh an taigh, a chuideachadh le daoine bochda cìsean na sgìreachd a phàigheadh. Gheibheadh an t-uachdaran a chuid fhèin anns an dòigh sin cho math ri duine eile: chan eil còir aige air tuillidh, an riaghailt no an ceartas. Chan e h-uile rud a sglamadh chuige fhèin, mar gun cuireadh tu lìon-sgrìob ri cùl tòrr phiocach. Sin agaibh mo bharail-sa," arsa Dòmhnall, 's e ga thilgeil fhèin air ais, mar a bha e roimhe, air a' phoca pheasrach.

"Is math a labhair thu!"

"Fhuaras agad e!"

"Tha mi den bheachd!"

Cha robh duine a bha an làthair nach do labhair còmhla ag aontachadh le Dòmhnall.

Bha Eachann na shuidhe air a' phaca, 's e a' lasadh na pìoba, is thòisich esan, eadar a h-uile boitean toite, air cur facail a-steach.

"Ach, a rèir mo bheachd fhèin, 's i an 'eachalàireachd' seo – no ciod e 'm facal mòr a th' aig a' mhinistear air – rud as truaighe thàinig air an dùthaich seo riamh."

Rinn na bha a-staigh glag mòr gàire nuair a chuala iad an oidheam a thug Eachann às an fhacal.

"'Dì-làrachadh' Eachainn! 'Dì-làrachadh!'" arsa Dòmhnall saor, le triutan gàire.

"Seadh!" ars Eachann. "'S e sin a tha mi a' ciallachadh, ach dhìochuimhnich mi an fhuaim. Dh'fhàg an lì-dàrachadh seo an dùthaich gun daoine."

Ghàir na bha a-staigh a-rithis, agus sùil mu seach aig Eachann orra, gus an deach a' phìob às air.

"Feuch a-rithis e, Eachainn," ars an greusaiche.

"Ciod e ghlagail a th' oirbh?" ars Eachann.

"Abair 'dì-làrachadh,'" arsa Dòmhnall Saor, "'dì-làrachadh', 'dì-làrachadh.'"

"'S nach e sin a tha mi 'g ràdh?" ars Eachann – "'di-ràlachadh', 'dì-dì-dalàrachadh.'"

Thug seo tuilleadh gàireachdaich air a' chuideachd.

Am meadhan a' chridhealais, cò thàinig a-steach ach Cailean Ruadh air a' Chreig.

"Nach sibh a tha sunndach cridheil gu dearbh," arsa Cailean.

"An-dà, 'ille chòir, chan eil sinn nas cridheala na bha thu fhèin feasgar an latha roimhe, nuair a bha thu dannsadh air mullach na creige glaise am meadhan na pàirce, 's a' glaodhaich: 'Fhuair sinn a' bhànag, mu dheireadh.' 'S ann a thug thu nar cuimhne a' chuthag!" ars an greusaiche.

"Nach robh, a charaid, reusan a' chridhealais agam, agus againn air fad?" arsa Cailean.

"Seadh! Ciod e an reusan a bh' ann?" arsa Dòmhnall Saor.

"Ha ha!" arsa Cailean Ruadh aotrom. "An e nach cual sibh idir e?" 's e a' bogadan air an ùrlar. "Nach d' fhuair sinn an tastan geàrr gorm ud, mu dheireadh thall," arsa Cailean.

"Cha luaithe na 'n t-àm," ars Eachann. "Cha bhi sibh cho dona dheth idir, a-nis, còmhla ris a' mhin-Innseanaich, 's le dìnneir mhath de thùirneip, 's de chàl, 's de churrain, an losaid mhòir nan gamhna, is spàin mhòr adhairc an dòrn gach fir."

"Tubaist ort, Eachainn! Chan eil thu 'd shùgradh," arsa Dòmhnall Saor.

"Nach math a laigheadh a' cheart dìnneir ort!" arsa Cailean.

"Gu dearbh fhèin, cha laigheadh," ars Eachann, "nan cromainn mo cheann anns an losaid mhòir ud, bhiodh eagal orm gun cinneadh adhaircean orm. Hi hi hi!" ars e fhèin, 's e piuthail ghàireachdaich.

Bha Eachann cho geur ri bioraiche, 's an uair a thogradh e fhèin, cha robh e furasta toirt dheth. Bhiodh daoine gu tric a' tarraing às, agus leis a sin bha daonnan a theangadh ris a' chloich-lìomhain.

"Ù! Tha mise faicinn gur h-i Seònaid an aon tè nì an gnothach ortsa, Eachainn!" arsa Cailean.

"Agus ortsa," ars Eachann.

"Agus oirbh le chèile," ars an greusaiche.

"Agus oirnn air fad," arsa Mac Iain Bhig.

"Shaoilinn e!" ars Eachann.

"Ach Seònaid ann, Seònaid às! Ciod e 's ciall don tastan seo?" ars an greusaiche.

"Tha, a bhreugadh an t-sluaigh," arsa Dòmhnall Saor.

"Tha an t-slaightearachd," arsa Mac Iain Bhig.

"Ciod eile?" ars Eachann.

"Ciod eile? Aha! Dùn Àlainn dubh nan guadan!"

"Nì e nas urrainn dha, nis, a bhrìodal nan daoine, feuch am faigh e aon uair eile aig a ghlùin iad, los cothrom math fhaotainn air aon sgailc dheireannaich a thoirt dhaibh, agus crìoch a chur orra."

"Chan fhaigh e sin," arsa Cailean, "ged a chuireadh e bhean gar pàigheadh a h-uile Satharna, agus cleas na bana-Ghòrdanaich a dhèanamh, nuair a thog i 'n rèiseamaid: an tastan a chur eadar a dà bhile bhòidhich."

Thug an dùbhlan leis an tubhairt Cailean Ruadh seo, gàir air na bha a-staigh.

Am Marsanta Gallda air Chall

Nuair a shìolaich iad a-sìos gu rèidh-sheanchas a-rithis, is a bha iad a' bruidhinn thall 's a-bhos, thuirt Mac Iain Bhig às a chùl tàimh: "Ciod e na smaointean aighearach a th' agaibh, a Dhòmhnaill? Chì mi fiamh gàire oirbh."

"Ha ha ha! Ho ho ho! Hi hi hi!" ghàir Dòmhnall Saor còir le lachanach, gus nach mòr nach do spreadh e, 's e a' toirt sgailc chruaidh le dhòrn air a ghlùin.

Sheall na bha a-staigh air, is dùil aig a h-uile fear gum b' e e fhèin a b' adhbhar gàire.

"Ho ho ho!" arsa Dòmhnall a-rithis. "Bha mi dìreach a' smaointinn gun robh mi faicinn Eòghann Roicein a' tighinn a thoirt an tasdain à beul na baintighearna le fhiaclan, is fheusag mhòr ròmach, làn de sheile 's de shùgh an tombaca. Ho ho ho!" Is ghàir na bha a-staigh, is a h-uile fear a' cur a chuid fhèin ris.

An teis-meadhan a' chridhealais cò thàinig a-steach ach Seònaid Bhàn na h-Àtha. Thachradh leithid Seònaid glè thric air duine anns gach dàrna baile beag sa Ghàidhealtachd, agus chan ann idir a' fàs tearc a tha iad. B' e tè den fheadhainn i a bha car coma dhith fhèin, coma de theireadh i, 's i luideach gliogach neo-sgiobalta na h-aodach 's na giùlan, agus daonnan a' tarraing à cuideigin.

"Thig air d' aghaidh, a Sheònaid," arsa Cailean Ruadh.

"An-dà, gu dearbh, tha sin, a rùin, cunnartach dhòmhsa, far a bheil uiread de fhir," arsa Seònaid, 's i a' toirt sùil air Eachann.

Ghabh Eachann siud chuige fhèin sa mhionaid, 's a cheart cho math leis sgailc sa chluais ri bhith a' tilgeadh bhan air, no a' cur gin às a leth.

"An-dà, 's ann dhut fhèin nach eil an cùram, chan eil thu cho miannach," ars Eachann, 's e a' tarraing na pìoba le glamhaichean a chumail air falbh na feirg.

"Ù! 'Ille! Chan eil fhios a'm ciod e dhèanadh tu idir nam faigheadh tu an cùil mi," arsa Seònaid, is ghàir i fhèin is each gus an do ràinig iad an smior-cailleach aig Eachann.

"Nam faighinn an cùil thu!" ars Eachann, "dhèanainn car snìomhain a chur ann ad amhaich nach tigeadh às gus am biodh tu falbh feadh a' bhaile coltach ri caora anns am biodh an sùistean. Thusa, sheana chrog liath, led dhosan odhar ribeach a' crathadh mud shùilean mar gum biodh bad feòir an aodann stalla."

Leis cho guineach 's a labhair Eachann, cha robh duine a-staigh nach do raoic a' gàireachdaich, is cha b' e lachan Seònaid fhèin bu lugha.

"Ho ho! Eachainn, eudail," ars ise, 's i a' sìneadh a làimhe chuige, "nach fhaod thu breith air làimh dheis orm. Cha toir do bhòidhchead à cuideachd thu nas motha na mi fhèin. An siud i!"

"Gabh a-mach à seo, a sgiùnach bhuidhe, no cuiridh mi sop teine riut. Thusa gad choimeas fhèin ri duine sam bith! Thusa, a sheana chearc ribeach nan dùnan, led chlapail, gus a bheil car cam air tighinn am bus dubh nam breug agad. Fàg mo rathad! Fàg mo rathad, ialtag na h-oidhche, no, dìreach, tarraingidh mi an amhach agad. Teich, teich!"

"Ò, Mhoire, Mhoire!" arsa Seònaid, 's i a' leum air cùl Chailein Ruaidh leis na h-obagan a thug Eachann chuice.

Chunnacas nach robh math Eachann a ruigheachd na b' fhaide, is thòisich seanchas coitcheann thall 's a-bhos, is daonnan sùil fhiar aig Seònaid air Eachann.

"Ach, fheara 's a ghaoil! Ged tha sinn ri uimhir cridhealais, cha bu chòir dhuinn e, bhon a thàinig mi gum chuimhne. Nach eil e coltach gun deach am marsanta Gallda bochd a bhàthadh."

“Ò, eudail!” ars a h-uile h-aon a-riamh.

“Ciod e mar?”

Bha Eachann, is drèin air, is fhiaclan geala ris, a’ sealltainn bho h-aon gu h-aon feuch an ann a’ toirt a’ char às a bha iad, is eagal air nach robh an sgeul fìor.

“Ò, eudail, a Sheònaid! Am faod mi do chreidsinn?” arsa Dòmhnall Saor.

“Ò, da-rìreadh glan a tha mi. Fhuaras am paca ’s a churrac an-diugh fhèin air a’ chladach. Chaidh ionndrainn o chionn dà latha, is tha iad a’ smaointinn gur h-i an tuil a thug a-mach far a’ chlachain e an àm dol thar na fadhla, an duine bochd.”

“Fhuair iad am paca?” ars Eachann.

“Fhuair,” arsa Seònaid.

“’S a churrac?” ars Eachann.

“Seadh,” arsa Seònaid.

“Bheil thu ’g innseadh na fìrinn a-nis?”

“A gheòbaire stàrr-shùilich shuaraich phliutaich ghrànda, a bheil dùil agad gun robh mise dol a thogail sgeul-bàis air truaghan sam bith gun lochd?”

Thug na facail ghuineach aig Seònaid stairem air Eachann, ’s e na shuidhe air a phaca.

“Chan eil, a chreutair, chan eil, a ghalad, chan eil, a Sheònaid. Tha mi gad chreidsinn. Tha, tha,” theireadh esan fhad ’s a bha ise a’ bruidhinn.

“Ho ho ho!” arsa Mac Iain Bhig. “Cha bu chòir dhomh bhith gàireachdaich, ach tha an fhoighidinn a th’ aig Eachann an-dràst’ a’ cur iongnaidh orm. Ò chlann, eudail!”

"Tha," arsa Cailean Ruadh. "Cha sgal cù ged bhualadh tu cnàimh air. Tha an naidheachd a' còrdadh ris."

"Chan eil dùil a'm nach eil," arsa Dòmhnall Saor.

"'S e sin a th' ann," arsa Seònaid.

"Cha bhi bàs duine gun ghràs duine. Tha an dùthaich seo nis am mèinn luideagan Eachainn fhèin, agus cha chreid mi nach luideagan caithte is motha th' aige."

Ach bha Eachann cho toilichte am marsanta Gallda dh'fhàgail an rathaid air 's gum fuilingeadh e Seònaid air cho geur 's gun loisgeadh i air. Agus, air a' cheann mu dheireadh, 's ann a dhanns e le toileachadh air an ùrlar. Ach bha leisgeul ri ghabhail.

"Haoidh!" ars esan, "fhuair mi mo dhùrachd mu dheireadh. Dh'fhalbh e, is feamainn Loch Shìonaba eadar sinn is e."

"Tud, tud! Mo nàire, Eachainn, cha chòir dhut bruidhinn mar sin air do cho-chreutair. Na bruidhinn ach gu math air a' mharbh," arsa Dòmhnall Saor.

"An-dà, tha mi creidsinn nach bi leac air co-dhiù. Cha d' èirich corp riamh a Loch Sìonaba, rud a tha glè neònach," arsa Mac Iain Bhig.

"Cha bhiodh e uair an uaireadair an grunnd an loch nuair bhiodh e cho garbh ri each le conachagan."

"Conachagan!" ars Eachann, 's e ag èirigh na sheasamh a dh'fhalbh. "Creid thusa mise, Bhig Mhic − Iain Bhig − Mhic Bhig Iain −"

Ghàir na bha a-staigh leis na h-oidhirpean a bha Eachann, 's e liotach, a' toirt air "Mac Iain Bhig" a ràdh, rud nach d' amais e ceart, ach annamh, a-riamh air, is Mac Iain Bhig fhèin a' call a lùiths a' gàireachdaich.

"Co-co-dhiù, biodh d' ainm mar a thogras e, creid mise, tha mi 'g ràdh nach eil conachag an grunnd Loch Shìonaba a chuireadh gnos air an rud ud. Ciod e bha i dol a dh'fhaotainn air, far nach robh ach cnàmhan? Nach e sin a chuir 's nach fhàg e siud!"

"An-dà, gu dearbh," arsa Seònaid, le gàire goirt magaidh, "'s e gort is acras a bhiodh air a' chonachaig a bheireadh aghaidh ort fhèin, Eachainn. Chan eil dùil a'm, a rùin, nach cocadh a' bhiorach fhèin a sròn uair no dhà mun toireadh i làmh ort − ha ha ha − is, gu dearbh, chan eil i tormasach."

A h-uile toileachadh gun robh air Eachann, dhùisg sgaiteachd Seònaid an t-seann bhoinne beò ann. Bha e a' sealltainn oirre air fhiaradh mar gum biodh cù coimheach 's e a' dranndail, is loisg e oirre: "À! Cuist, a sheann làir-chaibe na craois ghlagaich, gun phine. C-c-cò idir a thigeadh faisg ortsa, a thairbh nan sìolag? Thusa bruidhinn! Cha laigheadh cuileag ghorm no cnuimh fhèin ort an latha 's teotha san t-samhradh, a sheann mhuc-bhiorach, gun bhainne, gun àl!"

Leis a seo a ràdh thug Eachann an doras air, 's e a' smutail, is Seònaid a' glaodhaich às a dhèidh: "Bha tuillidh 's a chòir de ghamhlas agad don fhear Ghallda. Chan eil fhios nach tu fhèin a thàinig ris, Eachainn. Feuch nach dèan iad ort mar a rinn iad air Seumas a' Ghlinne: do chrochadh air amharas. Ho ho ho!"

"Cuist, a bhior-chroich!" ars Eachann, is a-mach a ghabh e.

Is fada o nach cuala Eachann naidheachd a chòrd cho math ris ri naidheachd Seònaid. Cha d' fhàg e taigh tioram san dùthaich nach biodh e ag innseadh an droch dhuine a bha san fhear Ghallda. "Is mur bitheadh e mar sin," theireadh esan, "cha d' èirich dha mar dh'èirich."

Fathann air Cailean

Mar a shocraicheas cuan an t-samhraidh an dèidh doineann gharbh a' gheamhraidh, shocraich an dùthaich a-sìos beag air bheag an dèidh na chaidh ainmeachadh 's na chaidh seachad san sgeul seo. Bha rud ùr a' tachairt an-dràsta 's a-rithis, ach nuair a bhiodh e seachad, bhiodh e air a dhìochuimhneachadh rè ùine bhig, a cheart dòigh a dhìochuimhnichear bàs coimhearsnaich ionmhainn.

Sguir fògradh an t-sluaigh. Fhuaras mac agus dà nighinn an caisteal Dhùn Àlainn. Chaill am Ministear Mòr còir àite, is bha fear ùr sa chrannaig. Chaidh Mòr Bheag a chur ga togail am foghlam, ma b' fhìor, do Shasann, ach cha robh fhios càit. Bha a' bhan-Fhrangach aig bun na cùise. Dh'fhàg Màiri NicGriogair 's a seann mhàthair an dùthaich cuideachd, is cha robh sgeul orra o chionn ùine. B' i a' bhan-Fhrangach a b' ùghdar dha seo mar an ceudna. Chuir i ra sùil innleachd a ghiùlan a-mach, is cha ghabhadh sin dèanamh gun a' chraobh a leagail còmhla ris an nead a chreachadh, 's an cuachan a sgapadh ris na gaoithean. Dh'adhbharaich i an dà chuid.

Thug Cailean Òg thairis air. Bha litrichean tric eadar e fhèin is Màiri. Cha robh tè a bha a' falbh no a' tighinn nach robh Dùn Àlainn a' glacadh bhon phosta bhàn 's ga leughadh. Dh'fheumadh am posta a bhith ùmhail, 's gun mhion-argamaid a ràdh, no cha ghlèidheadh e àite no clach da dhùthaich. Cha robh dìon aige.

Nuair chunnacas gun do sheòl Cailean do thìr chèin, chaidh an aona cho-cheangal a bha eadar e fhèin is Màiri a ghearradh gu h-obann, le bhith a' losgadh an cuid litrichean an dèidh an leughaidh. Chaidh a thuigsinn air gach taobh ciod e bu chiall don stad, ach bha iad fada bho chèile, 's gun chomas leasachaidh air an àm.

Chaidh an innleachd a dhealbh gu math is cha do ghèill i. Nuair a chaidh Màiri a chur air falbh, chaidh an gràinne-mullaich a chur oirre air fad, agus gu diongalta. Chaidh an diong a chur gu h-amhaich is bha an sgaradh coileanta.

Bha a dhìth air a' bhan-Fhrangaich a gineal fhèin a bhith a' riaghladh an Dùn Àlainn. Bha i a-nis air ceann na slighe. Bha fear Dhùn Àlainn mar mheall criadha na làimh, agus bha e na comas an cumadh a thogradh i a thoirt air nuair chitheadh i an t-àm iomchaidh. Bha Mòr Bheag agus Cailean a's an rathad. Cha robh fios aice ciod e a' chùil bheag bhlàth a dh'fhaodadh a bhith an cridhe an athar dhaibh, agus leis an sin, an earalas gun robh nàdar fhèin a' fadadh leis an diurra-bhig bu lugha an t-sradag bheag bheò a dh'fhaodadh a bhith na chom dhaibh mar a shliochd gun mhàthair, dh'fheumadh i feitheamh agus fuireach le foighidinn gus an sèideadh ùine às i, mun toireadh i an ath-cheum. Nuair chitheadh i gun do thalamhantaich a h-uile droch mheanglan a chuir i an ùir na foill 's an uilc, an sin gheibheadh i mun cuairt air a' bhreocail bhochd a bh' aice air a corragan, gus an sìneadh e thairis gu buileach don t-sliochd a bh' aige bhuaipese, oighreachd Dhùn Àlainn is na bh' air na h-uachdar 's na h-ìochdar. B' e sin a beachd. Ach cha robh an t-àm abaidh, agus bha cunnart gun leagteadh amharas oirre.

Ach thàinig sgeul a' bhròin don dùthaich, sgeul a' bhròin don dùthaich, ach sgeul a' ghàirdeachais do bhean Dhùn Àlainn. Thàinig naidheachd bàs Chailein Òig.

Bha Baintighearna Dhùn Àlainn aon latha na suidhe a' leughadh pàipeir-naidheachd, nuair thug i leum air an ùrlar, le cridhealas is aoibhneas na gnùis. "Seo, seo!" ars ise, 's i a' crathadh a' phàipeir an subhachas anabarrach. Sheas i a' leughadh an rud air an do rug a sùil bhradach. "Seo! Cuiridh seo mo shaothair an giorrad. Stad, seo e cinnteach gu leòir:–

"Tha iomradh air tighinn a Ceann a Deas na h-Aifrig gun deach an long bhrèagha Earl of Dunmore a chall air an t-slighe bhon Cheap gu Astràilia. Cha do shàbhaladh duine de na bha air bòrd, agus tha sinn duilich a ràdh gun robh Cailean Òg, oighre Dhùn Àlainn, air an àireamh.

"Thàinig an t-iomradh oirnn bho urrainn anns nach fhaodar teagamh a chur, agus dhaingnicheadh dhuinn e leis an fheadhainn dam buineadh am bàta."

"Ho ho!" ars ise, 's i a' crathadh a' phàipeir os a cionn, "fhuair mi mo dhùrachd am fad seo co-dhiù. Ho-rè! Is ma bhitheas saoghal aig mo mhac-sa, bidh mo shliochd air rìgh-chathair Dhùn Àlainn. Eachann Dhùn Àlainn. Eachann Dhùn Àlainn! Ha ha! Nach math a chòir air oighreachd athar − oighreachd a' bhumalair mhaoil! Chuir mi feadhainn a b' fheàrr na e uimpe siud," 's i a' cur a-mach a corraig 's a' feitheamh oirre. "Chuir. Agus math dh'fhaoidteadh gun cuir fhathast − ha ha! − nan robh fhios aig an amadan chluasach air. Ach cò tha 'n seo?"

Thàinig Dùn Àlainn fhèin a-steach, is chuir e làmh gu blàth mun cuairt oirre, is shuidh e air cathair, is tharraing e air a ghlùin an èirisg fhallsach.

"Ciod e tha 'n seo? Ciod e th' ann, a rùin? Ciod e tha cur ort? Tha thu air do chur mun cuairt. Ciod e th' ort? Tha blàth a' chaoinidh air do shùilean. Ciod e tha ceàrr?"

Bha e air bhior, 's an teine air a chraiceann gus an do bhruidhinn i.

"Ochan, ochan! Tha mi cho duilich. Cailean bochd! Seall siud! Cailean bochd amaideach, a dh'fhaodadh a bhith gu socrach sàbhailte aig an taigh, agus an cursa nàdarra a' seilbh oighreachd bhrèagha Dhùn Àlainn. Leugh, a rùin. Is gann tha mi creidsinn mo dhà shùil."

Leugh Dùn Àlainn am pàipear. Thàinig seòrsa tiomaidh air, ach cha tàinig na chuir mòran a-nunn no a-nall e.

"Hm!" ars esan, "chan eil atharrach air. Companach an amadain! Cha b' urrainn na b' fheàrr èirigh dha. Cha b' urrainn, cha b' urrainn."

Dh'èirich e a shràidimeachd air an ùrlar, 's a làmhan fo chrios an fhèilidh, mar bu ghnàth nuair bhiodh e a' cur cainnt air a smaointean. "Chan eil atharrach air, a ghaoil. Rinn sinn ar dleasnas ris le chèile, is ma thàinig air a chùl a thoirt ri dhachaigh 's ri chuid, cha robh aige ra thagradh ach e fhèin a-mhàin. Rinn sinne ar dìcheall ris, is chan eil criomachair againn an-diugh oirnn fhèin."

Na bu mhiosa na siud, cha do chuir an naidheachd air. Chuir e làmhan mu mhuineal na mnatha is phòg e i.

Bha ise a' gabhail oirre a bhith anabarrach duilich. Shil a sùilean, ach bhuineadh e don dreuchd a chleachd i, comas a bhith aice air bior-chòmhla nan deur fhosgladh gach uair a fhreagradh dhith. Fhreagair e an uair seo dhi, ach nuair a chaidh Dùn Àlainn a-mach, chuir i rèis da teangaidh a-mach às a dhèidh.

Cha b' fhada gus an do dhìochuimhnicheadh Cailean Òg anns a' chaisteal. Ach cha do dhìochuimhnicheadh cho goirid anns an dùthaich e, anns am bu mhòr miadh air, far an robh dùil ri e a thilleadh uaireigin mar uachdaran ceanalta air oighreachd athar.

Ach bha iad uile air chùl an naidheachd. Bha Cailean Òg gu seasgair sàbhailte an New Zealand.

Anns a' chiad dol a-mach, chaidh e do Cheann a Deas na h-Aifrig. An dèidh mu bhliadhna a thoirt an sin, rinn e suas inntinn gu dol gu Astràilia, agus phàigh e a rathad leis an Earl of Dunmore. An oidhche mun do sheòl am bàta, chaidh e fhèin is companach no dhà a chur seachad cuid den ùine an cridhealas, ach, air dhòigh air choireigin, chaill e am bàta sa mhadainn. Gun sùil a thoirt an rathad duine, chaidh e air tòir agus fhuair e bàta eile. Mar dh'èirich a-riamh do fhear an t-saoghail fhada, dh'èirich do Chailean air an uair seo. Shàbhail e a chall an t-soithich a bheatha dha, agus mura bhiodh gun do sguir e sgrìobhadh air fad, a thaobh 's gun do thuig e nach robh a chuid litrichean a' ruigheachd an cala, cha bhiodh a chuid-eachd fo dhubhar air a' chùis. Ach anns an t-suidheachadh a bha' ann, chunnaic e nach robh comas air leasachadh gus an tilleadh e fhèin: rud a chuir e roimhe a dhèanamh na bu luaithe na dhèanadh e, nan robh co-sgrìobhadh comasach eadar e fhèin 's an tè air an robh a chridhe glan an geall.

Chuir e greis seachad an Astràilia aig an òr. Mar mhòran eile, cha robh aige ach "sìos agus suas," ged is ann a' buidhinn beagain a bha e. Ach thàinig iomradh mòr air tuill òir anabarrach beartach a bhith air am brath an New Zealand, agus rinn Cailean agus companach dìleas – gille Sasannach ris an do thachair e – suas falbh ann.

Dh'oibrich iad le chèile ùine mhòr an New Zealand, a' cosg anns an dara toll mòran de na bhuidhneadh iad anns an toll eile. Cha robh coltas dìreadh ris orra a' cladhach am measg beanntan mòra brèagha New Zealand. Bha àireamh mhòr dhaoine ann, 's iad a' falbh 's a' tighinn a h-uile latha. Bha àrd-riaghladh na dùthcha a' tairgseadh £150 do dhuine sam bith a bhrathadh an t-òr. Bha cho math ri còig ceud deug fear anns a' champa mhòr seo am measg nam beann, ach cha robh fear dhiubh nach robh a' dèanamh a dhìchill air a' gheall a dhleasadh le bhith a' falbh, paidhir an siud 's an seo, am measg nam beann, far nach do sheas duine geal a-riamh roimhe, a' rùrach gu dìcheallach, ach bha e a' fàilleachdainn orra.

Mòd san Fhàsaich

Aon fheasgar an sin, thug fear Sasannach dam b' ainm Perkins, a thàinig don champ feasgar roimhe siud, Cailean a leth-taobh, is thubhairt e ris: "A-nis, innsidh mi rud dìomhair dhut ma ghabhas tu mo chomhairle, agus pàighidh e dhut."

"Seadh! Ciod e th' ann?" arsa Cailean.

"Bheir mi fhèin 's mo chompanach an seo thu fhèin agus do chàirdean far am faigh sibh an t-òr na thorran. Nach fhaigh?" ars esan, 's e a' sealltainn air a chompanach. Ach cha do rinn a chompanach ach nodadh le cheann, 's e a' cagnadh sop feòir.

"Bruidhnidh mi rim chompanach, ma-tà," arsa Cailean.

Ghlaodh Cailean a chompanach, is chaidh an ceathrar gu seanchas le rùn dol an co-bhoinn mun ulaidh a bh' air bhrath aig an t-Sasannach, Perkins.

"Seo agad mo chompanach-sa," arsa Cailean.

"Ò, tha mi – ciod e – tha mi toilichte eòlas a chur ort," 's e a' breith air làimh air.

Co-dhiù, 's e an còrdadh gun tàinig iad: gum falbhadh iad gu follaiseach, is leanadh na thogradh iad, ach gun robh aca ceud gu leth punnd Sasannach a thoirt do Pherkins an làrach nam bonn, agus ri e fhèin agus a chompanach a bheathachadh fad na slighe gus an ruigeadh iad an t-òr.

Anns a' mhadainn mhoich, bha an camp uile air a chois. Chaidh eich acainneachadh, pàilleanan a phasgadh, carbadan a chur nan uidheam, is an tiotan bha rèisimeid anns an robh seachd ceud fear air ceann an rathaid, agus Perkins mar cheannard gan treòrachadh.

Bha mòran sa chuideachd aig an robh teagamh am Perkins. Bha beagan aig Cailean fhèin ann cuideachd, leis an stadaich a bha na bhruidhinn nuair thug e a chompanach ma choinneamh. Ach bha riaghailtean nam mèinneadairean làidir daingeann neo-mhathach, agus neo-ar-thaing òrdail. Bha fios aig Perkins air an sin. Bha fios aige cuideachd, nan dèanadh e foill no cluip sam bith, gum faodadh e a bhith, a rèir lagh ghnàthaichte nan campan, a bha fad air falbh bho riaghladh sìobhalta agus bho challachadh sam bith, gum faigheadh e am peanas a b' fhaide a-mach: bàs.

Tha a h-uile gnè dhaoine air am faotainn an campan den t-seòrsa seo, is tha e air a luathasachadh le àrd-riaghladh na dùthcha na mèinneadairean a dhèanamh an laghannan fhèin, ach an giùlan a-mach gu cothromach ceart. Mura biodh a' chùis mar sin, cha bhiodh e furasta riaghailt a ghlèidheadh idir far a bheil, gu tric, mòran dhaoine air theicheadh o cheartas, agus mòran eile a bh' air an daoradh airson a h-uile seòrsa croin. Cha robh Perkins eu-coltach ri fear dhiubh seo.

Ach, co-dhiù, lean iad e. Bha iad a' stad a champachadh anns a h-uile h-àite, agus aig gach uair a dh'iarradh esan. An ceann a' cheathramh latha, is iad ag imeachd tro dhùthaich fhiadhaich uaignich, thuig iad gun robh Perkins air tì teichidh. Na dhèidh seo chaidh freiceadan a chur air. Cha robh oidhche nach robh dithis fhear air an cur air leth, len dagachan, a dh'fhaire nan carbad anns an robh e fhèin agus a chompanach a' cadal.

Air feasgar an t-seachdamh latha, ràinig iad àite nach rachadh an eachraidh na b' fhaide. Champaich iad san oidhche san dòigh àbhaistich, ach chaidh sùil na bu ghèire air fad a chumail air na treòraichean air an oidhche seo. Chunnacas gu soilleir nach robh Perkins ach a' dèanamh cùis-mhagaidh dhiubh, agus nach robh fhios aige fhèin no aig a chompanach càit an robh iad a' dol, agus nach do rinn iad ach a bhith a' leantainn orra gus am faigheadh iad fàth air teicheadh. Cha robh a-nis dol a-nunn no a-nall aca. Bha an cullachas taisbeanach dhaibh fhèin 's don t-sluagh mhòr a mheall iad — co-dhiù, a mheall Perkins, oir cha robh a chompanach a' gabhail mòran turais ris a' chùis.

Fad an fheasgair bha Perkins gu sunndach aoibheil. Sheasadh e gu spaideil an làthair nam mèinneadairean, 's a phìob thombaca na bheul, is chocadh e a chorrag an taobh a bha iad a' dol, is dh'innseadh e coltas na dùthcha air cùl na beinne a b' fhaide air falbh. Is math a bha iad a' tuigsinn a thratan agus bha a bhlàth sa bhuil. Ged nach robh na mèinneadairean a' leigeadh orra gun robh iad ga chluinntinn, chuir iad freiceadan dùbailte air a' charbac an oidhche seo. Bha Perkins an staing, is bha fios aca gum feuchadh e a h-uile alt is innleachd a bha na chom 's na cheann gu faotainn às mun tigeadh an latha. B' e siud an t-àm ma bha àm ri tighinn.

Cha bu lugha na barail na cuideachd. Air cho furachail 's gun robh an luchd-faire, fhuair Perkins sniadadh a-mach às a' chairt san deach e a chadal, agus snàgan air a mhàgan anns an dorcha, gus an d' fhuair e e fhèin fhalach fo thè eile glè fhaisg air oir a' champ. Cha robh ach mu fhichead slat eadar e 's a' choille, is nan d' fhuair e innte san dorcha a bh' ann, thug e car mu thom dhaibh gu sgiobalta.

Ach mhothaichteadh dha, agus am mionaid a bha a' chairt fon robh e air a cuartachadh. Nuair a chunnaic e gun robh coltas air a bhith an sàs, cha robh e ach a' leum air ais 's air aghaidh air a mhàgan fon chairt, mar gum biodh radan, a' sealltainn airson bealaich. Ach a h-uile taobh air an sealladh e, chan fhaiceadh e ach baraille gorm daga air a làn-ghleus an cocadh ra chlaigeann. Bha e an sàs. Cha robh feum a bhith stadhagail, is thug e suas, 's e a' raoiceadh mar gum biodh boc.

Bha fios aige air truimead a chionta, agus bha barail aige ciod an dìoladh a rachadh a dhèanamh air. Bha e an staid chruaidh, agus chan eil teagamh nach robh fhaireachdainnean na bu mhicsa le e a bhith air breith air agus e a' faicinn saorsa, 's a làmhan sgaoilte roimhe sa choille dhuirche.

Chaidh a cheangal agus a thilgeil da chairt fhèin. An làrna-mhàireach bha e ri fheuchainn agus ri pheanasachadh a rèir na cionta rinn e.

Tha mèinneadairean air an cunntas nan daoine borba mì-riaghailteach. Cha an eil teagamh nach eil mòran nam measg de dhaoine riasgail cronail marbhtach iom-ruagte, agus eucorach anns a h-uile dòigh san gabhar eucoir. Ach chan fheumar an t-iomlan a mheas orra sin. Tha an roinn mhòr dhiubh nan daoine cho iomlan cheart ionraic 's a gheibhtear an àite sam bith.

'S iad seo tha a' riaghladh na h-eilthir, is tha iad a' dèanamh laghannan teann cruaidh diongalta neo-mhathach a ghiùlaineas peanasan goirte nan cois, 's a chuireas fiamh air a' chiontaiche iom-ruagte is motha.

Dhleasadh cionta Pherkins bàs, ach thèid na mèinneadairean cho òrdail an cois an gnothaich 's nach tèid neach a dhaoradh gun e a bhith air a dheagh dhìon, biodh a chionta mar a thogras i.

Shuidh a' chùirt gu h-òrdail air Perkins. Chaidh Èireannach, dam b' ainm MacCeallaich, a chur ga chiontachadh, agus chaidh Cailean Òg Dhùn Àlainn a chur ga dhìon. Chaidh còig fir dheug a chur air leth le croinn, a thoirt breith air a' chùis, agus triùir fhear reusanta ghrunndail thuigseach a thaghadh a chùm na binn a thoirt a-mach.

Cha do shuidh a-riamh an Dùn Èidinn no an Lunnainn cùirt a b' òrdaile, a bu shoineanta, a bu shuimeala, no a bu shuairce, na shuidh an seachd ceud mèinneadair an latha ud a dh'fhaicinn an co-chreutair ga fheuchainn a thaobh cionta a bha a' dleasadh a' pheanais bu mhotha a bha an lagh a rinn iad fhèin a' giùlan: bàs. Bha iad faicilleach air cudrom na cùise, na daoine treuna seo. B' e sealladh mòr annasach a bh' ann: seachd ceud mèinneadair air an dubhadh le grèin theth New Zealand, lem bòtainnean àrda, am briogaisean crioslaichte, is muilchinnean truste, an lèintean dearga a' leigeadh ris gàirdeanan garbha ruganta righinn, agus taigh na cùrtach gun mhullach ach an speur gorm, gun ùrlar ach an talamh tioram, gun stràille ach brat uaine den fheur 's den dìthean, is na craobhan mòra len geugan sgaoilteach fo dhuillich thruim is fo bhlàth, a' cur sgàile bho theas grèin loisgich New Zealand, air a' chuideachd mhòir seo.

Dh'èirich MacCeallaich a dhìteadh a' phrìosanaich, agus rinn e an dleasnas cudromach gu neo-sgàthach agus gu ceart. Am measg na thuirt MacCeallaich, ars esan ris an luchd-bhreith anns a' chrìoch-nachadh: "Tha e nàdarra gum biodh truas agaibh ris. Tha e nàdarra gum biodh faireachdainnean agaibh dha, ach chan fheum buaidh a bhith aig sìon de na rudan sin oirbh. Feumaidh sibh a h-uile nì dhe sin a ghlasadh a-mach às ur n-inntinnean, agus sealltainn dìreach an clàr an aodainn air ceartas. Tha gach duine den chinneadh dhaonnda dligheach air ceartas. Tha 'n duine seo, mar an ceudna, dligheach air ceartas, ach gun nas motha, no, gun teagamh, nas lugha na ceartas. Thugaibh an aire, a chàirdean, nach bi sibh ag amaladh ceartais agus tròcair am measg a chèile. Chan e sin ur gnothach-sa idir, oir, gabhaibh beachd: ged a tha, mar a thubhairt mi, gach duine den chinneadh dhaonnda dligheach air ceartas, chan eil a h-uile duine idir dligheach air tròcair. Cha bhuin a' chuid sin den chùis duibhse. 'S e ceartas a th' agaibhse ra dhèanamh. Tha fios agaibh air ciont an duine seo. Tha fios agaibh air an fhoill eucoraich uilc fhallsa mhilltich challdaich a chluich e air a' chuideachd mhòir seo airson a bhuannachd fhèin. Tha fios agaibh, cuideachd, gun do ghabh e an aon dòigh, 's gun do chleachd e an aon innleachd leis am b' fhasa dha an sluagh mòr neoichiontach seo a mhealladh, agus a spùinneadh. Feumaidh sibh sealltainn air a' chùis san rathad sin.

"Tha fios agaibh air an t-suidheachadh anns a bheil mèinneadairean mar tha sinne a' cosnadh ar n-arain làthail am measg nam beanntan mòra air iomallan an domhain, fad às o fhasgadh 's o dhìon laghan sìobhalta a' challachaidh. Chan eil dìon eile oirnn ach ar reachdan fhèin, agus na reachdan sin air an dèanamh a fhreagradh air ar suidheachadh teann cruaidh neo-mhathach, oir, mura biodh dìon làidir daingeann againn oirnn fhèin, bhiomaid daonnan am mèinn chealgairean den t-seòrsa seo. Feumaidh sinn, ma-tà, bhith air ar dìon bhon t-seòrsa dhaoine seo.

"Bhris an duine seo air gàradh dìon cho àraidh 's a th' againn. Rinn e, le thratan, giollachd agus liodairt oirnn, agus, mar a tha fhios agaibh, dhleas e bhith air a pheanasachadh gus a' chuid is fhaide 'mach, agus eisimpleir a dhèanamh dheth a dhìonas sinne bho chealgairean de sheòrsa aig àm is fhaide 'mach. Tha mi, a chàirdean, a' fàgail na cùise nar làmhan-sa. Tha mi an dòchas gun toir sibh a h-uile ceartas dha agus gum faigh sibh am prìosanach ciontach gu h-aon-ghuthach. Tha mi ga fhàgail for meachainn."

Dh'èirich an sin Cailean Òg na sheasamh. Cha chluinnteadh mion-argamaid am measg an t-sluaigh. Bha iad uile faicilleach air a' chùis chudromaich air an robh iad nam fianaisean, is bha tost trom marbh mar sgàil-bhrat thairis air na h-uile, 's an t-ionad iomallach uaigneach anns an robh iad, air fìor iomall an domhain mhòir a' daingneachadh nuarrantachd na làraich a bh' aca ra seasamh.

Bha Cailean air a mheas na dhuine pongail deas-bhriathrach ionnsaichte, agus cha robh duine air a mhealladh anns an òraid chiataich a thug e seachad.

Ars esan, 's e a' dol air aghaidh: "Tha mise ag aideachadh, a dhaoine, gun do rinn an duine bochd mì-fhortanach seo, eucoir mhòr. Tha mi ag aideachadh gun do chuir an fhoill a chluich e oirnn gu dragh is gu cosgais sinn air fad, is gun do chaill sinn mòran ùine is tighinn a-steach air a thàilleibh. Tha mi ag aideachadh gun toill ciont den t-seòrsa seo an dearbh pheanas a tha an lagh a rinn sinn fhèin gar dìon bho cheilg, a' giùlan, ach, a chàirdean, feumaidh sibh smuaintinn air staid an duine anns an àm anns an do ghèill e don bhuaireadh làidir leis an do thuit e. Bha e, mar tha sinn fhèin, na choigreach truagh aonaranach, an dùthaich chèin, a' siubhal bho àite gu àite, bho bhaile gu baile, bho champ gu camp, lom falamh, gun airgead, gun obair, gun chàirdean, agus a h-uile seòrsa mì-fhortain a' tighinn tarsainn air a chasan a h-uile ceum a bheireadh e. A dhaoine, smaoinichibh ciod e an staid inntinn anns am biodh duine anns an t-suidheachadh sin. Bha fios aig Perkins glè mhath ciod e bha e dèanamh. Bha fios aige an cunnart a bha e ruith. Bha fios aige am peanas a gheibheadh e nam beirteadh air. Tha mi ag aideachadh a h-uile dad dheth sin. Ach cuimhnichibh-se nach ionann idir dòigh anns an seall an sàsach 's an seang air cron, no air reubainn, no air ciont, no air peanasan a tha co-cheangailte riutha. Cha seall fear na èiginn air lagh, no air riaghailt, no air cunnart, mar a sheallas fear air a dheagh ghar. Tha an èiginn a' toirt an fhaobhair far a bheachdan air ceartas is air geanmnaidheachd, 's a' toirt a' ghath as bàsmhoire 's as puinnseanta às a' chunnart as motha san urrainn dha tuiteam.

"Cha robh eagal riamh air a' ghealtair as motha 's e ga bhàthadh, agus tha an gealtair as motha cho math 's cho treun, 's cho neo-sgàthach ris an t-saighdear as fheàrr nuair tha e sloistreadh a chlaidheimh an teas a' chath.

"A chàirdean, atharraichidh suidheachaidhean sònraichte inntinn gach duine. Dh'atharraich an suidheachadh san robh e fèin, an duine bochd seo a th' air ur beulaibh mar chìocrasan lapach anfhann truagh.

"Feumaidh sibh beachd-smaointinn air a' phuing sin le cùram, le dleasannas, le bunntamas, le bunntam, agus leis a h-uile h-alt is fèithe tha nar cridheachan, an àm ur cinn a chur ra chèile san uaigneas, a thoirt breith air an duine seo. A chàirdean, 's i m' ath-chuinge ribh sibh a thoirt fìor aire ciod a th' agaibh ra dhèanamh. Tha ciont an duine seo follaiseach. Chan eil àicheadh oirre. Ach air dh'aindeoin sin, feumaidh sibh a bhith air ur stiùradh ler cogaisean, agus eadar-dhealachadh mòr a chur eadar ciont th' air a dèanamh am priobadh na sùla le duine air bhoile le cruaidh-chàs, le èiginn, is le ana-cothrom, agus fo bhuaidh buaireis mhòir, 's gun spiorad ann aig an àm a sheasamh gu duineil na aghaidh. Feumaidh sibh, tha mi ag ràdh, eadar-dhealachadh a chur eadar ciont anns an t-suidheachadh sin agus a' cheart chiont nuair a tha i air a giùlan a-mach gu h-innleachdach, agus air a ro-smaointinn, 's air a ro-aithris, 's air a dealbh gu sàmhach cealgach, an dìomhaireachd. 'S i ciont an amadain an dara tè, is ciont an aingidh an tè eile. Smaoinichibh air a sin, a dhaoine, agus feuch nach toir sibh ana-cothrom dur co-chreutair. Feuch nach bi sibh nur meadhanan air urchair a thoirt dha a-steach don t-sìorraidheachd an staid neo-uidheamaichte, gun chothrom tuilleadh air aithreachas, agus anns nach dèan ur n-ath-smaointinn air a' chùis seo, no ur cùl- ghairm air a' bhinn a thig a-mach an seo an-diugh bhor cnuasachd-sa, feum no buil don truaghan seo gu bràth no gu sìorraidh.

"A luchd-breith, tha gnothach cudromach air a leigeil air ur guaillean! Ma thèid an duine seo a chur gu bàs, cuimhnichibh gur e ionndrainn màthar a th' ann. Cuimhnichibh air ur màthraichean fhèin, a tha beanntan mòra is cuantan tonnach farsaing a' sgaradh bhuaibh. Cuimhnichibh an t-oisean beag blàth tha nan cridheachan dhuibhse. Cuimhnichibh cho cùbhraidh 's a tha an t-allaban as amaidiche thàinig riamh don mhàthair chaoimh a thug dh'ionnsaigh an t-saoghail e, a thog air a broilleach e, 's a dh'altraim air a glùn e. Cuimhnichibh, ma-tà, gràdh agus ionndrainn a mhàthar air a' chreutair seo. Faicibh i na suidhe sa bhothan bheag bhochd anns a' ghleannan uaigneach. Faicibh i na suidhe taobh na cagailt nuair tha gruaim air na sìontan, a' smaointinn càit eil a seachranaiche. Faicibh i feitheamh bho latha gu latha, is bho oidhche gu oidhche, am fiughair ri fios a bheò. Faicibh i 's a cridhe cùbhraidh blàth toirt leum le sodan gach uair den latha, no den oidhche, a thig gnog don doras, an dùil gur e an t-allaban a th' ann, air tilleadh gu broilleach blàth tlusail a mhàthar chaoimh. Smaoinichibh oirre san staid sin, a chàirdean, nuair a bhios mac a clèibh a' cnàmh an ùir choimhich tìr chèin. Faicibh i nuair gheibh i fios a bhàis an dèidh a bhith cho fad ag altram dòchais. Faicibh i leis a' chridhe bhriste bhrùthte. Faicibh i na suidhe a' tuireadh air an tulaich ghuirm sa ghleann, an t-alltan a' seinn coronaich thùrsaich am measg nan clachan troma, 's an raineach chaoin a' cromadh a chinn an truas rithe, 's a' ghaoth anmoch a' gul leatha am measg nan stùc glasa loma, is sgàil-bhrat a' mhulaid air gach nì air an seall a' bhantrach on do thearbadh a mac.

"A dhaoine, chan eil an còrr agam ri ràdh, ach 's e m' athchuinge ribh a-nis gun co-leagh sibh ceartas agus trocair nur cnuasachd. Chan urrainn sibh an duine seo leigeadh ma sgaoil, ach is urrainn sibh peanas as lugha nam bàs a dhleas a chionta, a mholadh do na breitheamhnan.

"Tha mi nis ga fhàgail nur làmhan. Tha mi an dòchas gun nochd sibh truacantas is trocair dur co-chreutair mì-fhortanach. Sin m' ath-chuinge."

Mun do sguir Cailean, cha robh sùil thioram am measg an t-seachd ceud fear treun foghainteach. An dèidh na h-òraid dhìon, chaidh an luchd-breith an uaigneas cùl cnuic bhig.

Air tilleadh dhaibh, dh'ainmich an ceannard gun d' fhuaradh Perkins ciontach, ach gun robh iad a' moladh do na breitheamhnan a bhith cho tròcaireach 's a b' urrainn dhaibh ris.

Thug an sin na breitheamhnan a-mach a' bhinn gu h-òrdail. B' e sin: gun rachadh Perkins a sgiùrsadh air druim rùisgte, agus gun coileanadh a chompanach fhèin a' bhinn. Nan diùltadh e, sgiùrsadh Perkins esan. Nan diùltadh iad le chèile, rachadh feadhainn a thaghadh às a' chomann a sgiùrsadh an dithis, agus bhiodh am peanas na bu truime orra le chèile.

Chaidh Perkins a' rùsgadh 's a cheangal taobh a bheòil ri roth cartach. Chaidh slat fhada chaol a chur an làimh a chompanaich, agus òrdugh a thoirt dha laighe air.

Thog an gille an t-slat os cionn a chinn a tharraing na buille, ach anns a' mhionaid thilg e air an làr i.

"Cha dèan mi idir e," ars esan, 's a ghuth air chrith. "Fuilingidh mi mi fhèin a bhith air mo sgiùrsadh leis-san, no le h-aon sam bith eile, ach," ars esan, 's e a' togail a dhà làimh os a chionn, "Mise! Mise! Mise cha sgiùrs neach fon ghrein."

Cha robh an sin ach e fhèin a chur an àite Pherkins, agus Perkins na àite-san. Rug Perkins air an t-slait. Dh'altaich e a ghàirdean, 's le gàire aingidh air fhiaclan, mar gum biodh toil-inntinn air, cothrom fhaotainn air a cho-chreutair a phianadh, tharraing e an t-slat le leithid de neart 's gun robh srann aice dol tron ghaoith, ach mun do ràinig a' bhuille, thug Cailean Òg duibh-leum agus rug e air ghàirdean air.

"A dhearg chealgair," ars esan, 's e a' toirt bhuaithe na slaite, "an e gun dèanadh tu e, an dèidh e fhèin, le chneastachd, diùltadh a cheart pheanas a dhèanamh ortsa! Ach sin, sin, sin! Sin agad do dheagh thoilltinneas, a dhearg mhèirlich."

Thug Cailean do Perkins ceithir stràcan den t-slait tarsainn air an druim, cho math 's a b' urrainn dha tharraing le dheagh ghàirdean righinn, agus Perkins a' raoiceadh mar gum biodh beathach fiadhaich.

Chaidh an gille bochd eile a leigeil ma sgaoil gun dad a dhèanamh air, agus am meadhan na h-ùpraid, cò nochd iad fhèin nan teis-meadhan, mar gun tuiteadh iad às an adhar, ach ceithir earraidean air lorg Pherkins air cheann muirt an Wellington.

A rèir riaghailtean nam mèinneadairean, chan fhaodadh iad corrag a chur air gun an cead. Fhuair iad sin, ach an uair a sheall iad air a shon, cha robh ial dheth an làthair. Chunnaic e na h-earraidean. Thuig e fàth an turais, agus fhad 's a bha an ùpraid air shiubhal, ghabh e an cothrom, is thug e leum don choille gun duine ga fhaicinn.

Bha an dorch air tighinn, 's a' choille tiugh, is cha robh feum dol às a dhèidh.

B' eun e bha an rib roimhe iomadh uair, agus a fhuair às, is bha fios aig na h-earraidean nach robh an New Zealand na bheireadh air, ach e idir a dh'fhaotainn ceum an toisich. Fhuair e sin, agus rinn e buil dheth.

Na dhèidh seo, cha robh aig na mèinneadairean ach sgaoileadh gach rathad.

Turas an Àigh

Thug Cailean 's a chompanach fhèin orra gu sean mhèinnean am measg nam beann an àite iomallach eile den dùthaich. Air an t-slighe, 's gun leotha ach iad fhèin, bha iomadh còmhradh eatarra a dh'fhosgail sùilean Chailein air rud no dhà air nach bi ainm an ceartair.

"Tha mi cur sual-aithne air an duine ud," ars an Sasannach, dam b' ainm Warnock. "Tha mi cur sual-aithne air, agus is mòr mo bharail gun d' aithnich esan mise, cuideachd."

"An-dà, gu dearbh," arsa Cailean, "smaointich mise rudeigin, cuideachd. An tug thu an aire an stadaich a bh' air nuair chunnaic e thu. Chuir e iongnadh mòr ormsa, agus a dh'innseadh dhut na fìrinn, leag mi droch bharail an sin fhèin air. Bha e mar gun tigeadh glong air nuair thàinig sibh mu choinneimh a chèile."

Dh'innis an sin Warnock a naidheachd do Chailean, agus chuala Cailean rudan a dh'fhàg bodhar dall e. Bha e a' smaointinn ged a thachradh toll òir air nach tachradh rud air cho feumail dha na a chompanach a thàinig e na lùib am fìor thuiteamas, agus a sheasadh an làrach cho math dha latheigin eile, nam b' urrainn dhaibh idir dlùth leantainn ra chèile – agus b' urrainn, agus rinn iad e.

Aon latha sin, ùine mhath an dèidh a' mheadhain-latha cuideachd, ràinig iad na mèinnean air an robh sùil aca. Cha robh mòran airgid air siubhal a h-aon den dithis. Cha robh mòran aodaich air an com, na bu mhò, no idir caisbheart mun casan goirte le sìor imeachd is coiseachd feadh gharbhlaichean. Am beagan a bha an cùl an làimhe, bha e taisgte ann a h-aon de na bailtean mòra, is ràinig iad an ceann-uidhe glè lom.

Cha b' i an naidheachd a b' fheàrr a bha rompa. Cha robh na tuill seo a' pàigheadh ro mhath, is cha robh misneach aca dh'fhuireach. Co-dhiù, dh'fheumteadh an oidhche a chur seachad. Dh'innis iad an suidheachadh do na mèinneadairean, is fhuair iad, neo-ar-thaing, còmhdhail mhath, oir tha iochd is faireachdainn aig mèinneadairean da chèile nach tuig duine nach tàinig anns an eisimeil, agus nach creid fear cois an taighe a chionn nach cluinn e, ach annamh, ach aon taobh na ceiste, agus sin taobh na buirbe a tha mac-meanmna sgrìobhadairean a' cur am meud a cho-fhreagairt air na beachdan a th' aig leughadairean gu nàdarra air sluagh a cho-chruinnicheas às gach ceàrn den t-saoghal a dh'iarraidh an fhortain am measg bheanntan iomallach, air cùl an domhain, 's a-mach bho lagh is bho riaghailt, is bho challachadh.

Nuair a chunnaic na gillean de bha rompa, cha robh nam beachd mòran ùine a chur seachad. Ach bha toll sònraichte ann a chaidh fheuchainn iomadh uair gun mhòran air a shon. Chomhairlich na mèinneadairean dhaibh aon deuchainn mhath a thoirt dha fhathast, is gum beathaicheadh iad fhèin iad nam bu chall e.

An dèidh àm dìnneireach an latha sin fhèin, cha robh air no dheth ach tòiseachadh. B' e an tùrn fortanach dhaibh e. Mun do sguir iad san oidhche, b' fhiach iad trì cheud punnd Sasannach am fear. Dh'oibrich iad an toll fad thrì mìosan, agus dh'èirich e a-mach gum b' e an toll bu bheartaiche san àite air fad. Cha robh fear a dh'fheuch e roimhe siud nach robh a' tighinn na b' fhaisge 's na b' fhaisge air an òr. An fheadhainn mu dheireadh a dh'fheuch e, thug iad a-suas dheth, 's iad mu shè òirlich dam fortan, agus rèitich iad air fad an rathad do Chailean 's da chompanach.

'S e "Toll na h-Èiginn" a bh' aig na mèinneadairean air an toll seo, a chionn cha robh allaban a thigeadh an rathad nach cuireadh greis seachad ann air a thuras, seach a bhith ag itheadh aran nam mèinneadairean às a thàmh. Thug Cailean 's a chompanach sè mìle am fear à Toll na h-Èiginn, agus cha tug iad a-suas dheth gus an do thuig iad nach robh an còrr fortain ann. Thug iad tumadh an àite no dhà eile an dèidh seo, agus bha daonnan fortan gan leantainn.

Smaoinich iad an sin, bhon a bha iad le chèile air fàs nan daoine beartach, gun toireadh iad sgrìob don t-seann dùthaich. Bha iad le chèile air allaban. Bha iad le chèile an suidheachadh gum b' fheàrr dhaibh an cinn a thoirt fodha na leigeadh ris, ach bha cìocras mòr orra le chèile an cuideachd fhaicinn.

Bha a mhiann air Cailean faicinn mun cuairt na h-oighreachd, ach cha robh math dha e fhèin a dhèanamh follaiseach do charaid no do choimheach, no, nan dèanadh, cha b' ann na b' fheàrr a thachradh dha. Is gann nach robh Warnock sa cheart shuidheachadh, ged nach b' ionann seagh, ach bha e caoin-shuarach air a shon sin a-mach 's gum faiceadh e gun fhios do chàch ciod e mar a bha gnothaichean a' dol.

Cha robh, leis an sin, ach an aon dòigh air a' cheist fhuasgladh. B' e sin falbh am breug-riochd. Thaitinn am beachd seo riutha le chèile, agus cha robh teagamh aca, nach gabhadh iad barrachd tlachd anns a h-uile driodart a thigeadh iad troimhe: gu sònraichte an Dùn Àlainn, far an robh Cailean eòlach air a' bheag 's air a' mhòr, air aosta 's air òg − co-dhiù de na dh'fhàg am fuadach 's am bàs air làraich dhiubh bhon a dh'fhàg e a dhùthaich.

Rinn iad, ma-tà, suas an inntinn. Thàinig iad a-steach do bhaile-puirt, chuir iad mìos seachad an sin gan cìreadh 's gan slìogadh fhèin, 's iad mar dhà loth pheallagaich an dèidh a bhith cho fada am fiadhain am measg nam beann.

Ghabh iad an t-aiseag air luing mhòir bhrèagha, agus anns an ùine àbhaistich thug iad aon uair eile an cas air tìr an Sasann. Ràinig iad Lunnainn. Chuir iad a-suas anns an taigh-òsta b' fheàrr sa bhaile, agus 's ann dhaibh a b' urrainn, ged a b' aotrom poca an dithis an uair mu dheireadh a bha iad sa bhaile mhòr seo.

Bha Warnock aig an taigh an Lunnainn. Bha e cho eòlach feadh a' bhaile 's a tha am brìdean san tràigh. Bha mòran chàirdean is luchd-eòlais aige ann, ach cha dèanadh e e fhèin aithnichte ach do fhìor charaid a dhèanadh falach fodha air. Ach càit sam bith san rachadh e, bha Cailean daonnan cois air chalpa ris.

Bha aon charaid sònraichte aig Warnock anns a' bhaile, agus chaidh iad le chèile ga fhaicinn. Dh'èirich e a-mach gum b' e seo taigh-cèilidh bu taitniche san do thuit do Chailean bochd dol bhon a dh'fhàg e Dùn Àlainn. Cha robh ach aon duine-cloinne san taigh, caileag bheag mu aois dusan bliadhna, is bhiodh i daonnan a' toirt cridhealais don chòmhdhail le bhith a' cluich na teud-chlàir. A chùm am barrachd toil-inntinn a thoirt do Chailean, bhiodh i daonnan a' cluich fhonn a dhùthcha, agus ged a b' iad fuinn Ghallda fhèin a bh' annta, bha cridhe Chailein bhochd a' teòthadh riutha. Bha iad a' toirt dealbh na dùthcha gu taisbeanach ma choinneamh. Bha e a' faicinn nan raointean mòra fraochach, 's nan sealgairean len gunnachan 's len coin-sheilge ag imeachd air am feadh gu sunndach, 's a' leagail nan eun gu h-obanta far na h-iteig, nan lochan mòra, len eileanan coillteach, 's am bradan mear a' dèanamh chearcall nuair thuiteadh e an dèidh leum bheothail a thoirt ris a' chuileig a thigeadh le srann os cionn an uisge, na coille mhaisich a' co-dhualadh bilean an loch, 's an earb fhaiteach a' dèanamh dìdinn dhi fhèin fo sgàil nam meanglan mòra a bha a' lùbadh fo dhuilleach a bha a' donnadh le grèin abachaidh an fhoghair, nam beanntan mòra, mar bhac-bhalla nàdarra a' dìreadh gu gorm binneanach gu fada thall, 's an ceò geal mar shròl den t-sìoda, ag iadhadh gu socrach man guaillibh, 's am fiadh cabrach am fasgadh nan stùcan sgorrach tolgach, a chuinnean san adhar, 's e a' faotainn fàileadh an t-sealgair.

Bha Cailean mar gun tigeadh clò sàmhach cadail air leis an draoidheachd mhilis shocraich a chuir na fuinn bhòidheach air. Bu tric a dh'èist e ri meòir a mhàthar a' toirt a-mach nan ceart fhonn. Bu tric a dh'èist e ri Màiri, nuair shuidheadh i aig an inneal-chiùil cheudna, 's a guth a' dìreadh 's a' tèarnadh, 's a' sgaoileadh a-mach mar dheatach ghlan à teine chaoran, air an raon air feasgar samhraidh. Dh'at uchd is lìon a shùilean, mar gum b' ann an-dè a dhealaich e ris an t-sealladh aoibhneach ud. Ach thàinig an ceòl na bu dlùithe da chridhe.

An ann a' bruadar a bha e? An robh an sealladh a bha mu choinneamh fìor? An robh e fo gheasaibh nuair a chaidh aiseag cho ealamh air ais gu seallaidhean ris an do dhealaich e bho chionn seachd bliadhna?

Siud Màiri! Siud a guth! Siud a cluich! Cha robh teagamh ann! Bha e fìor. Bu tric a sheinn i 's a chluich i a cheart òran dha fhèin, is lean e na facail na inntinn, is meòir na caileig, aig nach robh a' chànain, ion 's a' bruidhinn na Gàidhlig air an inneal –

> Gun tugadh crodh Chailein
> Dhomh bainn' air an raon,
> Gun chuman, gun bhuaraich,
> Gun luaircean, gun laogh.

A h-uile rud gun cuala e a-riamh, bha leis gum b' e siud rud bu neònaiche: sèis Ghàidhlig an teis-mheadhan Lunnainn! Bha a cheann a' falbh thall 's a-bhos leis na facail. Bha a chas a' gluasad gu socrach an cois an fhuinn. Lean an t-seinn –

> Crodh Chailein mo chridhe,
> Crodh Chailein mo ghaoil,
> Gun toireadh crodh Chailein
> Dhomh bainn' air an raon.

"A Mhàiri, a Mhàiri! Is tu a th' ann!" ghlaodh Cailean, 's e ag èirigh na sheasamh air an ùrlar, 's a làmhan sgaoilte a ghlacadh mun mheadhan an fhaileis a thug mac-meanmna na h-inntinn cho taisbeanach mu choinneamh a shùl.

Chlisg na bha a-staigh nuair a chunnaic iad a' bhreisleach san deach e. Bha Cailean fhèin air a leaghadh le athadh, ach nuair a dh'innis e, 's e a' suathadh an fhallais far aodainn, ciod e an reusan a chuir a leithid de bhuaidh a bhith aig an òran air, bha co-fhaireachdainn aig a' chuideachd dha. Ged a bha am fonn taitneach don chluais, cha robh e a' dèanamh barrachd muthaidh orrasan, na bha e a' dèanamh air na clàir às an robh an fhuaim mhilis a' tighinn. Ach bha e a' bualadh a h-uile teud bu bhinne an cridhe Chailein, 's a' gluasad fhaireachdainnean mar a bhuaidh a th' aig caochladh na sìde air airgead beò.

Cailean air Tilleadh

Bha fadal a-nis air Cailean gus am faiceadh e a sheann dùthaich. Bha fadal air gus am faiceadh e Màiri, agus nàdar fhèin a' fadadh rùin na chridhe a dh'fhaicinn Mòir bhig, a phiuthar. Bhiodh i a-nis mu aona bhliadhna deug, agus mu aois na caileige a chluich an t-òran milis dha.

Rinneadh deiseal a dhol gu Dùn Àlainn. An ùine aithghearr, bha e fhèin agus Warnock air ceann na slighe, le paca thairis air guala gach fir dhiubh. Bha iad air falbh am breug-riochd, is cha robh fon ghrèin na dh'aithnicheadh a h-aon den dithis, len gruagan molach, lem feusagan mòra ròmach, 's len aodaichean luideach peallagach.

Bha iad ri a' cur suas an Uaimh nam Farbhalach, còmhla ri Eachann a' Phaca agus Bodach nan Duilleag, ma bha iad beò. Bha iad a' dèanamh sodain ris an fhearas-chuideachd a bhiodh aca am measg an t-sluaigh choibhneil, is bha iad a' cur rompa iad fhèin a dhèanamh cho cuideachdail 's a b' urrainn dhaibh ran companaich an Uaimh nam Farbhalach.

Oidhche dhall dhorcha, an deireadh an fhoghair, thàinig iad a-steach air crìochan Dhùn Àlainn. Cha bu lèir dhaibh am meòir. Bha an rathad uaigneach. Cha robh solas no soillse ra fhaicinn, ach teintreach nan neul a' boillsgeadh os cionn nam beann, agus teine-sionnachain na h-aibhne ga sgapadh leis an oiteig, nuair thogadh i ultach à aodann an eas a bha a' leum san dorcha bho sgeilp gu sgeilp. Bha bùirich an uillt, nuallan an eas, agus iargaltachd an t-seallaidh mun cuairt, a' cur oillt air an t-Sasannach. Cha do thachair e ra leithid a-riamh a h-uile ceum gun tug e. Bha e daonnan a' cur iongnaidh air, an cruadal 's a' mhisneach a bha an Cailean, ach an uair a chunnaic e an dùthaich san do thogadh e, thuig e le thùr nàdarra fhèin, nach b' urrainn ach ceatharnaich tighinn a-mach a taifeid nam fuar-bheann oillteil ud, far an robh an tein'-adhair a' dannsadh air mullach nam beann, fuaim an tàirneanaich a leum bho bhinnean gu binnean, 's an stoirm a' gleac 's a' beadradh ris an eas, a bha a' sloistreadh nam bearradh, 's a' teicheadh le uabhas gu sàmhchair nam bruach an grunnd a' ghlinne fhàsail.

Dh'imich iad rompa. Bha Cailean a' cumail a shùl air gach taobh dheth. Bha barail aige gun robh taigh faisg air, ach cha robh mòran beachd aige air a' cheart àite, anns an dorcha dhubh a bh' ann. Mu dheireadh, air dhaibh tionndadh mun cuairt guala cnuic, chunnaic iad deàrrsadh shuas am monadh. B' aithne do Chailean bean an taighe: banarach a bh' aig muinntir a mhàthar iomadh bliadhna roimhe siud. Bha i na bantraich 's a' glèidheadh an taighe da triùir mhac.

Ràinig iad an taigh gu h-èiginneach. Cha d' fhuair an Sasannach a leithid de thàir a-riamh, is cha do choisich e a-riamh a leithid de rathad. Sheall iad tro fhròig na h-uinneige. Chuala bean an taighe tartaraich air a' chabhsair gharbh. Bha i na seasamh taobh a' bhùird, 's i a' fuarachadh brochan feòla am poit mhòir, 's i ag ràdh –

> "'S e 'm brochan mòr odhar a th' ann,
> Uisge nan gleann is min,
> An salann a fhuair sinn on Ghall,
> 'S gun aon dad na cheann ach sin."

Thug Cailean gnog air an doras.

"Chan ionndrainn sinn duine," arsa bean an taighe.

"Chan eil an seo ach coigrich allabanach a' siubhal an t-saoghail," arsa Cailean.

"Is ban-Ìleach do theangadh, co-dhiù, ciod sam bith ciod e th' ann ad chom," arsa bean an taighe. "Thigibh a-steach."

Chaidh an dà làbarachan a-steach. Bha iad sgìth, co-dhiù, ach ghabh iad orra a bhith gu math na bu mhiosa na bha iad. Cha bu mhiste iad idir a bhith gan oileanachadh fhèin anns an t-suidheachadh san robh iad am beachd iad fhèin a chleachdadh am measg muinntir Dhùn Àlainn.

Shuidh iad taobh an teine. Rinn a' chailleach am beatha. Is iomadh dìol-dèirce a ràinig a doras a-riamh, 's cha robh iad seo nan annas leatha. Bu mhath a dh'aithnich Cailean i. Bha cho beag atharrach-aidh air a sean ghnùis, 's gun robh eagal air Cailean gun aithnich-teadh a ghuth 's a ghiùlan leis cho beag umhail 's a bha e a' cur orra. Ach cha robh smaointinn aig a' chaillich air, is b' e sin fhèin leth na breug-riochd.

Fhuair iad an deagh ghabhail aca. Ghabh iad suipeir bhlàth shultmhor, cana mòr am fear de bhrochan math feòla, agus ceapaire mòr an t-aon de choirce air a ghrèidheadh ris an teinidh. 'S e a chòrd riutha. Cha d' fheuch an Sasannach a-riamh a leithid, ach ghabh e dheth gus an robh eagal air Cailean gun togadh e beul a' mhaothain dha.

Mun robh iad rèidh den t-suipeir, chualas tartaraich throm a' tighinn dh'ionnsaigh an taighe.

"Tha iad seo air tighinn," ars a' chailleach, 's i a' dol a dh'ionnsaigh an dorais. "Dè bhuaidh a th' oirbh a-nochd, a ghalaidean?" ars ise.

"Sin agaibh i," ars am fear a bh' air thoiseach de na gillean, agus a-staigh thàinig triùir fhear mòra foghainteach, agus dà mholt mhòr air adhaircean aca.

B' iad seo mic na caillich, 's iad an dèidh tilleadh bho ghoid chaorach.

"Taigh gun iomall, taigh gun mhèirleach," ars a' chailleach, 's i a' sealltainn air na coigrich 's a' gàireachdaich. "Ach chan ann mar sin a tha 'n taigh seo," ars ise, 's i a' nodadh a cinn ra triùir mhac.

"Ceart gu leòir," arsa Cailean. "Ceart gu leòir, a bhana-ghoistidh."

"Ciod e comharra-cluaise th' agaibh a-nochd?" ars ise ris na gillean, 's iad a' ceangal nam molt an ceann shìos an taighe.

"Tha an comharra is duilghe ionndrainn, 's is seachd duilghead a ruigheachd: smeòrach sa chluais dheis is eagadh sa chluais chlì," arsa fear de na diùnlaich.

"Mo thogair!" ars a' chailleach, "chan eil ann ach pàirt de chuid ar cuideachd fhèin."

"Smeòrach sa chluais dheis," arsa Cailean ris fhèin. "Smeòrach sa chluais dheis, is eagadh sa chluais chlì. Bu chòir dhomh aithneachadh. Stad thusa nis. Smeòrach sa chluais dheis, is eagadh – ha! tha mi aige – comharra Dhùn Àlainn! Tha mo chead aca. Cha bhi mi fhèin 's mo charaid idir cho fad an comain ar bean-aoigh."

Bha Cailean cho domhain am meòrachadh air comharra nam molt 's gur gann nach do bhruidhinn e a-mach, mur a mhothaicheadh dha fhèin.

Bha Warnock an ceò mun chùis. Cha b' e sin do Chailean. Chuala e iomadh uair mu "Mhèirlich a' chruidh, ò hò!" ach chan fhaca e a-riamh gus an seo iad. Nach iomadh rud a chì am fear a bhios a' falbh an gidhis mar a bha iadsan. Cha robh dòigh a b' fheàrr air fìor shuidheachadh an t-sluaigh fhaicinn, agus ged a dh'fheumteadh cur suas le iomadh ànradh agus mì-urram nach do chleachd e, le bhith a' falbh am breug-riochd, chitheadh e iomadh rud nach fhaiceadh e air dòigh eile gu bràth.

Chaidh iad mu thàmh. Fhuair iad cadal socrach agus laighe gus an do thoilich iad èirigh. Anns a' mhadainn bha iad air shiubhal a-rithis. Bha sealladh math aca air an dùthaich fhiadhaich. Bha na beanntan mòra dìreadh nam binneachan gorma suas ris an speur, is neòil, geal mar olainn, a' snàmh os an cionn, 's a' cur maise air an sròlaibh de ùr-shneachd, a bha a' boillsgeadh mar chanach nuair spùtadh a' ghrian a gaithean tro thuill nan neul. B' e sealladh ait e, sa mhadainn fhoghair. B' e sealladh taitneach e, eadhan don allaban air tilleadh à dùthaich chèin gu tìr athraichean bhon d' fhògradh e.

Bha iad a-nis air oighreachd Dhùn Àlainn. Cha robh taigh no cnoc no glac nach b' aithne do Chailean. Cha robh tom nach robh a sgeul fhèin aige. Cha robh tobhta falamh nach robh a' dèanamh gearan bròin ris, is cha robh achadh fàsail nach robh mar chlosach mharbh ag ionndrainn nan treun-fhear a bhrìodal am bàrr às an cuim. Cha robh eachdraidh a bhuineadh don dùthaich nach robh Cailean ag innseadh do Warnock mar a bha iad a' dol air an aghaidh, 's a h-uile sròn cnuic, mar a rachadh iad seachad orra, a' leigeadh ris seallaidh ùir mar gun tionndadhteadh taobh duilleig.

Ràinig iad an Clachan. Cha mhòr nach d' fhàilnich misneach Chailein am Bùth Mhic Iain Bhig. Cha robh e a' faicinn atharrachaidh air duine ach air an òigridh a-mhàin, agus bha eagal air gun aithnicheadh a sheann luchd-eòlais eadhan a ghuth. A lìon beag is beag fhuair e misneach, agus dh'aithris e an dìol-dèirce na b' fheàrr. Ràineas an taigh-sgoile, ach bha bana-mhaighstir ùr anns a' chùbaid, agus sgoilearan ùra air na suidheachain. Càit an robh Màiri? Càit an robh Mòr Bheag? Siud na ceistean a bh' air inntinn Chailein. Cha bu lugha na bharail nach robh iad san dùthaich, ged a bha e daonnan a' tighinn beò an dùil gum biodh iad, le chèile, roimhe.

Cha robh teagamh nach robh forfhais aig muinntir na dùthcha orra, ach eagal 's gun leagteadh amharas air, dh'fheumadh e a bhith cho balbh ri bonn a choise.

Seann Eòlas air Ùrachadh

Shuidh Cailean is Warnock air cnocan gorm an sealladh a' bhaile air fad, is ghabh iad grèim bìdh.

Cò thàinig a-nìos an cnoc ach bean Eòghainn a' chìobair, 's i a' tighinn bho shaodachadh a' chruidh. Is iomadh latha bhon a chunnaic i fhèin is Cailean a chèile roimhe. Bu toilichte a bha e an oidhche a bha e fhèin agus Màiri air chèilidh còmhla an taigh Eòghainn nuair a thug Eachann a' Phaca 's am marsanta Gallda a' chòmhdhail thubaisteach da chèile.

"Cò na lasgairean tha an seo nach eil mi 'g aithneachadh?" ars ise.

"Tha iad ann. Tha iad ann," arsa Cailean, 's e cur blas na cainnt Ìlich air a theangaidh cho math 's a b' urrainn dha, is eagal air, leis cho eòlach 's a b' àbhaist bean Eòghainn a bhith air, gun aithnicheadh i e.

"Nach ann a tha an latha gasta!" ars ise.

"Nach eil e dìreach lurach!" arsa Cailean.

"Cha chreid mi gum faca mi sa cheann dùthcha seo riamh roimhid sibh," ars a' bhean.

Bha Cailean dìreach a' dol a ràdh gun robh iad nan tur-choigrich, ach bhuail e na cheann gun cladhaicheadh e aiste beagan naidheachd mun dùthaich le forach fada thall a dhèanamh, agus fhreagair e i an dòigh a dh'fhàg bealach fosgailte aige.

"An-dà," ars esan, "a' bhana-ghoistidh, tha luaidhte nach fhaca, ach bha sinn turas an seo roimhe o cheann bhliadhnachan. Chunna mi sibhse cuideachd, tha mi an dùil."

"Moire! Dh'fhaodteadh gum faca," ars a' bhean.

"Dearbh, chunnaic," arsa Cailean, 's e a' gabhail misnich bhon a chunnaic e nach d' aithnich bean Eòghainn e.

Cha robh Warnock a' gabhail dad air, 's gun e tuigsinn facail de na bha a' dol. Bha Cailean air bhior cluinntinn mun taigh 's mun dùthaich, ach dh'fheumadh e a bhith aineolach, 's gun aithne air duine, is cha b' urrainn dha ach faighneachd choitcheann a dhèanamh.

"Ciod e tha dol?" ars esan.

"A bheil gnothach ùr sam bith a' tighinn air bhonn?"

"An-dà, chan eil," ars ise, "bhon a sguir am fuadach. Ach tha nis: nach eil bàillidh ùr air tighinn don bhaile, is tha mi cinnteach gun tig reachdan ùra, cuideachd."

"Ò," arsa Cailean, 's e a' smaointinn, agus mar nach biodh e uile gu lèir na mhothachadh, ars esan: "An do shiu – an do shiubhail an seann fhear?"

Mhothaich e dha fhèin sa mhionaid, ach cha tug a' chailleach aire sam bith.

"Shiubhail," ars ise. "Clach is aol eadar sinn is e. Is iomadh rud a bh' aige ri fhreagairt air a shon, ach dh'aidich e air leabaidh-bàis nach robh de aithreachas air, a' fàgail an t-saoghail, ach gun d' rinn e na h-uiread de iarrtas an uachdarain. Is iomadh làrach fhalamh lom a dh'fhàg e san dùthaich seo. Ach tha sinn a' creidsinn a-nis nach robh mòran atharraich aige air. Ciod e dh'iarrteadh air duine chuir cùl ri aona mhac fhèin. Cha mhòr a bha coltach ris – mo rùn, an t-àilleagan ban bòidheach. Bu bhog blàth a chridhe, 's ann dha bu dual, 's ann dha bu dual da-rìreadh. Mac a mhàthar a bha seirceil coibhneil, 's aig an robh an taobh blàth ris an tuath. Och, och, och!"

Cha robh bean Eòghainn ach a' toirt a-mach nam facal nam blaghan, 's i ga tachdadh le caoineadh. Cha b' fheàrr Cailean fhèin. Lìon a shùilean nuair a chuala e ainm a mhàthar air iomradh. Mar leisgeul sheid e a shròn, agus ghabh e cothrom air a shùilean a shuathadh mum mothaicheadh a' bhean da dheòir. Bu dlùth da chridhe a chaidh a facail, ged is beag a bha a dh'fhios aice.

Bha Warnock a' sealltainn le bheul 's le shùilean. Cha robh fhios aige ciod e a bha a' dol, ach chan eil ach an aon chànain aig deòir, is thuig e gun do bhuin a' bhean teud a bha daonnan air ghleus an cridhe Chailein.

Bhon a fhuair Cailean bealach fhosgladh, bha toil aige a' chuid a b' fheàrr a dhèanamh dheth, agus uiread foraich a dhèanamh 's a ghabhadh dèanamh aig an àm. Ach b' e an càs leis sin a dhèanamh gun e fhèin a bhrath. Cha leigeadh e a leas a bhith cho faicilleach. Cha robh smaointinn aig fèithe bha an cridhe bean Eòghainn cò bh' ann. Ach bha fios aigesan air an dà thaobh, agus bha e a' meudachadh a' chunnairt na inntinn.

"An deach mòran den tuath fhògar às an seo?" arsa Cailean, cho Ìleach 's a b' urrainn dha.

"Chaidh, a rùin. Cha deach mòran fhàgail dhiubh. 'S e an t-uachdaran nach deach ra dhaoine nuair a dh'fhàg e Dùn Àlainn cho lom."

"Tha sean fìor, tha sean fìor," arsa Cailean. "'S e nach deach ri cheann-cinnidh: Ciaran Cas. Nach ann de na daoine e?"

"'S ann, gu dearbh, ach chan eil esan na chreideas mòr sam bith don ainm. Ach, ho ho! Nach e am Ministear Mòr a shnòd sin ris an t-sròin aige, latha faidhreach anns a' Chlachan, is deur math aca le chèile. Ho, ho, ho!" ars a' bhean, 's i a' bualadh a basan air a chèile gus an tàinig ruith castaich oirre leis a' ghàireachdaich.

"Seadh!" arsa Cailean. "'S an robh facal aige fhèin 's aig a' mhinistear?"

"Ò rùin! Nach do theab mort a bhith ann, an latha ud. Nach e ceangal dhaoine chùm am ministear bho Dhùn Àlainn, a chòta dheth, a ghàirdeanan rùisgte ris, 's e 'maoidheadh a dhòrn, gus nach mòr nach deach e às na guaillean. Ho, ho, ho! Bha iad an sin mar gum biodh dà chù crosta, is cobhar mum busan, a' tilgeil inisgean air a chèile. Ho ho ho! Ach, ach, ach! Oich, oich, oich!" Agus cha mhòr nach do chaill a' bhean a h-anail eadar castaich is gàireachdaich.

Ach eadar a h-uile rud a bh' ann, fhuair Cailean iuchair cor na dùthcha. Bha barail aige gun dèanadh am Ministear Mòr aramach latheigin. Bha barail aige gun loisgeadh athair air, airson a bhith a' puinnseanachadh beachdan an t-sluaigh, agus, a bhàrr air sin, gun cuireadh e às an sgìreachd e. Rinn e an tuilleadh foraich.

"Seadh, is loisg iad air a chèile. Cha bhiodh sean ach cunnartach don mhinistear," arsa Cailean.

"Nach eil a bhlàth sa bhuil!" ars a' bhean. "Nach eil an duine bochd gun taigh, gun dachaigh, gun dòigh, a' cur suas an Uaimh nam Farbhalach."

"A bheil sibh ag ràdh rium?" arsa Cailean.

"Ò, tha, rùin, ach chaidh a' bheigealais bhochd na thruaill leis an deoch. Ach, coma co-dhiù, chuir e 'n t-eagal air na h-uachdarain, agus stad am fògradh bhuaidh siud gus an seo."

"Sean, sean!" arsa Cailean. "Cha bu dona an tùrn a rainn e."

An dèidh còmhradh math fada dhèanamh, dh'èirich na fir a dh'fhalbh, 's am feasgar goirid foghair air tighinn. Thug iad an aghaidh air Uaimh nam Farbhalach, a' cur rompa an oidhche a chur seachad innte. Air an rathad bha Cailean a' cnuasachd air na chuala e, 's e a' leudachadh do Warnock na fhuair e on chaillich. Bha trì dùirn den oidhche ann nuair ràinig iad an uaimh. Cha b' e an gnothach soirbh an doras a thoirt a-mach. Ach, co-dhiù, eadar grèim chas is làmh, theirinn iad an stalla gu sàbhailte.

Nuair a fhuair iad air a' chòmhnard gu h-ìosal, chunnaic iad solas dreòsach na h-uamha a' boillsgeadh air an staca dhubh mu choinneamh an dorais. Anns an t-suidheachadh san robh iad, chan fhaca iad a-riamh sealladh cho cofhurtachail coltas. Bha an oidhche cho dubh ris an teàrr, a' ghaoth a' sèideadh gu cruaidh le fead an uisge thar mullach a' chnuic, an speur sglèatach gun rionnag ra faicinn, an fhairge a' bùirich sa chladach gu h-ìseal, agus coltas mosach air an oidhche uile gu lèir. Bha seo air fad a' cur coltais na bu sheasgaire air an uaimh, agus fèath nan eun mun cuairt orra.

Choisich iad air an aghaidh gu sàmhach am measg nan clachan garbha. Bha nam beachd farchluais a dhèanamh feuch ciod e a bha a' dol a-staigh, is cha robh facal aca os cionn an analach.

Bha còmhradh faramach a-staigh, agus, neo-ar-thaing, fearas-chuideachd. Ràinig iad an ursann, agus dh'èist iad. Is beag a bha an saoghal a' cur cùraim air na seòid a bha san uaimh. Thigeadh e cam no dìreach, cruaidh no bog, cha robh aca air. Sheall Cailean is Warnock air a chèile san dorcha. Bha an aon bheachd an inntinn gach fir, agus b' e sin: nach robh coltas air muinntir na h-uamha farmad a bhith aca ri duine air an t-saoghal. Ma bha an staid iriseal, bha iad toilichte, is cha robh sìon air an t-saoghal a' cur cùraim orra ach an grèim 's am balgam 's an leabaidh, is bha coltas gun robh am feumalachd aca dheth sin cho math ri diùc no ridire san dùthaich.

Smaoinich iad: Ciod e am feum a bhith a' dèanamh strì, ion 's gu bàs, a chumail a-suas suidheachaidh rìomhaich? Ciod e a bhiodh aca air a shon air a' cheann mu dheireadh, an dèidh an ànraidh, an riasladh, 's an cùram, 's an campar-inntinn? Ciad shuidheachadh an duine! Faic an siud e! Faic an fhois! Faic an t-socair! Faic an toil-inntinn! Cha cheannaicheadh òr no airgead no rìomhadh e.

Cha robh guth a bha a-staigh nach d' aithnich Cailean, is bha guth Eachann a' Phaca cho beothail chridheil 's a bha e a-riamh. Bha e a' tarraing às a' mhinistear, agus b' fhad às a chluinnteadh a ghuth.

> "Fuaraich, a ghaoth,
> Bruich, a theine,
> Buntàt' a' mhinisteir."

"Ha ha ha! Bhodaich nan Duilleag, eudail, nach cluinn thu 'n dearrasan a th' aig a' bhuntàta am beul a' mhinisteir? Ho ho ho!"

"Dùin am fear a dh'fhàilnich ort, a ghurra-gùg ghlog-shùilich, gun seadh, gun toin, gun mhodh. Dùin e, no glaisidh mi do dhà bhois phliutaich teann air a' chnap is teodha dhiubh, mar a rinn oide air Ailean nan sop. E, bi sàmhach!" ars am ministear.

"Teichibh! Teichibh, eudail!" ars Eachann. "Tha i air bualadh shuas aig a mhinistear. Saoil nach eil brìgh am buntàta ruadh Eòghann a' Chìobair. Ho ho ho!"

"An cluinn thu 'rithis?" ars am ministear.

"Cluinnidh, cluinnidh!" ars Eachann.

"Chan eil mi ach a' moladh buntàta ròiste Eòghann a' chìobair. Seo, siud agaibh fear air a dheagh bhroighleadh. Ò, nach math milis an grèim a nì e fhèin is tè de bhàirnich mhòra Phort an Tairbh. Chan eil slige dhiubh nach eil cho mòr ri losaid. Nach math thèid e riutha, nis? Seall, a Bhodaich nan Duilleag, eudail! Saoilidh tu gur ann a' cagnadh proitidh air carraig a tha e."

"Mur bi thusa sàmhach, gheibh thu fhèin an deagh chagnadh cuideachd, agus creid sin," ars am ministear.

Bha Cailean duilich fhaicinn an staid iriseal san do thuit am ministear bochd, ach ged a bha, bha e ga shnìomh fhèin leis a' ghàir-eachdaich, ag èisteachd ris fhèin is ri Eachann.

Bha an Sasannach fhèin a' tuigsinn gum b' e comann sunndach cridheil a bh' annta, 's e air a chruadalachadh nach tuigeadh e an cainnt, Bha e a' faicinn gun robh caitheamh-beatha aca cho sona thoilichte 's ged a bhiodh iad an lùchairt, air an spuaiceadh le òr is airgead, 's air an cuartachadh le seirbhisich umhail fhreastalach. Cha robh nì a' cur cùraim orra ach laighe 's èirigh nuair a thogradh iad.

Air Aoigheachd san Uaimh

Nuair a thug Cailean is Warnock greis mhath ag èisteachd ris na bha a' dol air aghaidh san uaimh, ghabh iad a-steach do thalla mòr nan creag, lom is dìreach. Bha teine mòr brèagha den chonnadh a b' fheàrr a chinneadh an coille, a' boillsgeadh ri taic na stalla, 's an triùir nan suidhe mun cuairt air. Bha am ministear mòr na shuidhe air cloich, 's e a' ròsadh buntàta is bàirnich, Eachann air an taobh eile ma choinneamh, is Bodach nan Duilleag an doras na catha sa mheadhan, 's a làmhan ma ghlùinean, 's e a' turramanaich air a shuidheachan fhèin, ag èisteachd ri Eachann 's ris a' mhinistear.

"Ò mhic nan car ud! Ciod e tha an seo?" ars Eachann, nuair a chunnaic e a' tighinn a-steach iad, 's e a' cromadh a shealltainn orra eadar e 's leus, 's a' cur sgàil le bhois thana air a shùilean. "Nach iad seo na h-uaislean luideagach gu dearbh, lem màileidean buidhe brèagha. Ur beatha do thalla na mùirn!"

Ghabh na gillean air an aghaidh, 's an fheadhainn a bha rompa ag èirigh far an suidheachan cloiche a shealltainn orra le iongnadh. Sguir Eachann de fhearas-chuideachd ris a' mhinistear. Leig Bodach nan Duilleag mu sgaoil a ghlùinean, agus sguir am ministear mòr de chagnadh a ghreime a bha na bheul gus an do shocraich na coigrich iad fhèin air cloich an t-aon.

"Cia às a thug sibh a' choiseachd, a bhròineanan, ler casagan, 's le ur màileidean grinne. Saoil nach bi an taigh seo dripeil a-nochd, fheara! Cha bhi seòmar falamh fo chromadh an taighe nach bi air a thoirt a-suas aig na h-uaislean seo. Glaodh ris na searbhantan. Ho ho ho!" Is bhuaileadh Eachann a dhà bhois air a chèile. "Tha mi cinnteach gur h-ann dh'ionnsaigh na seilge a thàinig sibh. Ò, nach iomadh slinnean fèidh a thèid a chrochadh ri mullach na h-àrdraich seo mun tèid an geamhradh seachad!" ars Eachann, 's e a' sealltainn ri mullach dubh fuaraidh na h-uamha, 's e a' cur lùban ann fhèin a' gàireachdaich.

Bha rud aig Cailean fhèin ra dhèanamh gun bhriseadh a-mach. Nan robh fios no fàth aig Eachann cò ris a bha e a' bruidhinn, 's air an robh e a' dèanamh na tàire, nach e a dhùraichdeadh a theangadh a bhith san teine còmhla ri buntàta a' mhinisteir.

"Tog de d' sgiolam gun fheum, a mheantrain lapaich," ars am ministear, 's e a' toirt cnap eile às an luathainn le clobha de bhioran lùbte aig a mheadhan. Ciod e an turas a tha thu a' gabhail ris na daoine bochda? Nach eil an còir an seo cho math ri do chòir-sa, no mo thè-sa, a leibidich gun mhodh?"

"Gun mhodh!" ars Eachann. "Nach mi tha toirt a' mhodh 's an urraim dhaibh, nuair tha mi gan cur dh'ionnsaigh sealg nam fiadh cutach cabrach air slèibhtean mòra Dhùn Àlainn. Ho ho ho!"

"Tha luaidhte gun tachair seann chuideachd mum fàg sinn an saoghal," arsa Cailean.

"Ò, an e seo 'm fear a th' agam?" ars am ministear. "Chan fheàrr 's chan fheàrr," agus e a' sealltainn air Cailean, is air Warnock aig nach robh fios no fàth ciod e a bha a' dol.

"Nach tubhairt mi ribh?" ars Eachann, 's e a' dèanamh glag mòr gàire. "Tha mise 'g innseadh dhuibh gum bi fàileadh as fheàrr na fàileadh bhàirneach gan ròsadh air teine crìonaich à toit Uaimh nam Farbhalach às a dhèidh seo. Ciod e do bharail fhèin, a Bhodaich nan Duilleag? Thèid mise an urras nach cluinnear fuaim òrd-maoraich air bàirnich Phort an Tairbh an dà latha seo. Ciod e tha thu 'g ràdh?" 's e a' stobadh a chorraig an achlais Bodach nan Duilleag, gus an tug e leum far a shuidheachain.

Bha uirgheall Eachainn a' còrdadh ri Cailean air leth math, agus b' fhada a bha e gun tighinn do Uaimh nam Farbhalach. Bha Eachann cho fileanta 's cho geur san teangaidh 's nach robh e furasta do h-aon eile facal a ràdh. Bha e fhèin daonnan air shiùdagan le bheul, 's a' cumail na cuideachd sunndach.

Mu dheireadh, nuair a fhuair na fir socrachadh gu math am measg an co-fhògrach, dh'fhosgail Cailean a mhàileid bhuidhe, agus tharraing e a-mach botal uisge-bheatha. Thog na "Farbhalaich" am malaidhean ris. Cha robh fear dhiubh nach robh fiamh thoilichte na ghnùis – gu seachd sònraichte am ministear mòr.

"Nach e am ministear mòr a rinn an toileachadh ris an siud!" ars Eachann. "Ò, nach iomadh gloine mòr a chuir sibh a mhàs os a chionn riamh, agus a dh'òl sibh, a mhinisteir!" ars Eachainn.

"Dh'òl na bhàthadh thu," ars am ministear, "agus bu shuarach orm."

Chaidh am botal a chur mun cuairt uair no dhà, is dh'fhàs càirdeas mòr eadar na fir air fad. Dh'fhàs am ministear gu math briathrach sunndach, is thoisich gnàth-sheanchas eadar an comann, is naidheachdan mu chor na dùthcha.

"Leabhra fhèin!" ars Eachann, "nan robh i fo thrì sreathan aig a' mhinistear, gheibheamaid òraid air ceist an fhearainn a chumadh gu latha sinn. Cuimhnichibh, fheara, nach ann mar fhar-ainm a tha 'ministear' air an duine chòir seo idir. Seo agaibh ministear na sgìreachd gus o chionn glè ghoirid," 's e a' nodadh a chinn ris a' mhinistear.

Bha Cailean a' gabhail air a bhith an teagamh, ach aig an àm cheudna a bhith toileach creideas a thoirt do Eachann, a thaobh coltas na dreuchd a bhith air aodach an duine.

"Da-rìreadh a tha mi," ars Eachann. "Chaill e a dheagh shuidheachadh a chionn tionndadh air an uachdaran airson a bhith cur na dùthcha am fàs. 'S e dhuinealas ris an t-sluagh a chuir an duine bochd an seo."

"An eadh?" arsa Cailean.

"Seadh," ars Eachann. "Seall tu, cha do thilg e an rùsg fhathast ged a chaidh a chur ri monadh."

Leis na facail a ràdh, choc Eachann a chorrag ri còta a' mhinisteir. Bha e uaireigin dubh, ach bha e a-nis air fàs liath eadar grian is uisge.

Bha am ministear fhèin ag èisteachd, ach mu dheireadh ars esan: "Shabaidich mi an aghaidh na h-eucorach, is tha mi nis anns an ionad seo, is bithidh mi ann gus am faic mi ceartas aig an t-sluagh. Seo agaibh, a chàirdean, uamh Adullaim. Seo far an teich a h-uile fear a bhios na èiginn. Ach, math dh'fhaoidteadh gum faigh sinn latheigin cuidhteas i."

"Sin e dìreach, a mhinisteir. Dh'fhaodteadh gum faigh," ars Eachann. "Ach air mo shon fhèin, tha cho math leam bhith mar tha mi − mi fhèin is Bodach nan Duilleag. E, Dhùghaill!" 's e a' toirt purraig eile don bhodach anns an taobh. "A thaobh a' mhinisteir," ars esan, "tha e cur roimhe nach toir e dheth òirleach den fhalt gus am faic e Dùn Àlainn air a sheice. Tha mi an dòchas nach tèid a chrochadh air fhalt cleiteach ri gèig na fearra-dhris a tha cinntinn à peirceall na h-uamha, latheigin. Ho ho ho!" ars Eachann, 's e a' gàireachdaich an aodann a' mhinisteir.

"Mur fan thusa sàmhach," ars am ministear, "bithidh tu air do chrochadh air chasan an ceann shuas na h-uamha còmhla ris na h-ialtagan gus an tèid an geamhradh seachad."

"Tud, tud, tud!" ars Eachann. "Tha fios nach dèan sibh sin, fear a tha dèanamh a leithid de strì a thogail onchoin na saorsa. Cha mhòr is fhiach dhuibh aona phrìosanach bochd a dhèanamh. Ciod e?"

"Feumar daoine a chumail aig rian dh'aindeoin sin, agus gu sònraichte thusa, le d' bheurrais," ars am ministear. "'S ann a tha an aon stoirm aig do theangaidh mar gum biodh ann srannan, a leasaire thana, gun chàil gun smior, ach mar gum biodh uan òthaisg a bheir-teadh anmoch, a shigein!"

Chùm Eachann 's am ministear a' bhearradaireachd air a h-aghaidh gus an robh Cailean a' call a lùth le gàireachdaich. Am ministear am mullach nam meall, 's gun Eachann ach a' tarraing às a chùm a chur air "each mòr" – mun tubhairt e fhèin e.

Rinneadh cèilidh mhath an Uaimh nam Farbhalach an oidhche ud. B' annamh le Eachann a' Phaca a bhith cho aoibheil ri luchd-rathaid no luchd-siubhail, 's a bha e air an uair seo. Cha robh duine a thàinig a-riamh air faoighe nach biodh eagal air Eachann gur h-ann an co-fharpais malairt ris fhèin a bha e a' tighinn. A-riamh bhon tàinig am marsanta Gallda tarsainn air, bliadhnachan roimhe siud, bhiodh e a' cumail cinn chruaidh ris a' bhàillidh ùr, ged nach robh aige na aghaidh ach gun robh a bhruidhinn coltach ri bruidhinn a' mharsanta Ghallda. Is minig a theireadh e, ged b' e duine laghach a bh' an companach Chailein, gum biodh fheòil a' criothnachadh roimhe, leis mar a bha fuaim a ghuth a' toirt na chuimhne a' mharsanta Ghallda.

Ach, co-dhiù, chaidh an uaimh mu thàmh, agus bha e fada san làrna-mhàireach mun do thogadh smùid innte. Bha biadh gu leòir an cuideachd Chailein 's a chompanaich, is chaidh biadh-maidne rìomhach a sgaoileadh air a' chloich mhòir a bha a' dèanamh àite bùird do na "Farbhalaich." Thug Cailean cuireadh fialaidh don triùir bhodach suidhe leotha a bhriseadh an traisg, is cha bu ruith leotha, ach leum.

Snaidhm air a Fuasgladh

Thug an sin Cailean is Warnock orra siubhal mun cuairt nam bailtean. Thadhail iad sa chladh. Sheas iad aig uaigh màthair Chailein. Thàinig a' mhadainn mu dheireadh a bha e sa cheart làraich na chuimhne, 's ged a bha an ùine cho fada, chaidh sàthadh ùr na chridhe. Thàinig tòic na uchd, is bha na deòir mhòra a' gliostradh na shùilean.

Thadhail iad an àite no dhà a' chiad latha, is mar a b' fhaide a bha iad a' dol air an aghaidh, 's ann bu mhotha a bha Cailean a' gabhail misnich nach aithnichteadh e. Bha e na Ìleach a-muigh 's a-mach ri h-aon sam bith a thagradh Ìle, den a h-uile neach a bha a' tachairt orra. Nan cuirteadh uimhreachd sam bith air, 's e gun d' rinn e mòran siubhail bu reusan dha.

Thug iad mar seo mìos air an ais 's air an aghaidh feadh an t-sluaigh, agus a' dèanamh an ceann-uidhe de Uaimh nam Farbhalach. Bha Cailean ag ionndrainn mòran aodann a b' aithne dha 's a dh'fhàg e na dhèidh, a bhàrr air Màiri, 's air a màthair, 's air Mòir Bhig, a phiuthar, ach cha robh math dha sin a ghabhail air. Bha iad fhèin 's an sluagh a' tighinn air a chèile cho math 's nach iarradh iad falbh idir, ged a bhatar a' dèanamh fearas-chuideachd gu leòir mun dà eun dubh ùr a thàinig do Uaimh nam Farbhalach.

Thug iad greis a' dol mun cuairt mun tug iad aghaidh air an taigh-mhòr. Cha robh air faoighe a-riamh san àite nach tadhaileadh Caisteal Dhàn Àlainn. Bha iadsan an cona-roghainn. Bha fàth aca le chèile. Bha a mhiann orra le chèile cuideachd, ach bha, mar an ceudna, fiamh agus sgàth orra. Bha iongnadh dhiubh air a h-uile duine, agus air sgàth a' chleachdaidh chaidh iad ann. Ràinig an dà luidealach an taigh-mòr. Is iomadh latha nach robh Cailean cho faisg air roimhe, agus 's iomadh smaointinn throm a bh' aige a' dol mar dhìol-dèirce mun cuairt na h-àrdraich bhrèagha air am b' oighre laghail e. Cha robh dùil gun robh e idir beò. Bha sin cho math dha. Cha robh e an eisimeil duine, ach bha blàthas aige ris an t-seann dachaigh.

Nuair bha iad dìreach a’ dol mun cuairt a dh’ionnsaigh an dorais-chùil, chuala iad ceum cabhagach nan dèidh. Thionndaidh iad. Ghlaodh duine riutha anns a’ Bheurla Shasannaich. Chlisg iad le chèile. Chuala iad a’ cheart ghuth uaireigin roimhe. Cuin no càit, cha d’ fhuair iad ùine air smaointinn, nuair a bha an duine làmh riutha.

“Càit eil sibh a’ dol?” ars esan, gu math smachdail uaibhreach. “Mach sibh às a seo! Mach sibh, mach sibh! Air falbh sibh! Tha tuilleadh ’s a chòir dur seòrsa brath tighinn an taobh seo. Na faicear an seo tuilleadh sibh. Tha gu leòir an siud dheth. Mach sibh!”

Bha e a’ cur dheth mar seo gus an deach iad a-mach an geata, ’s e a’ toirt putaidh am fear dhaibh an tràth-sa ’s a-rithis, is iadsan a’ gabhail orra a bhith an ìmpis tuiteam an comhair an sròinean leis a h-uile putadh.

Thuig iad cò bh’ ann: am bàillidh ùr. Chuir an dara fear a shùilean tron fhear eile nuair dh’aithnich iad e. “Perkins, Perkins!” thubhairt iad à beul a chèile, nuair a fhuair iad fad na farchluais air falbh. Sheas an dithis mu choinneamh a chèile, ’s iad bodhar dall le iongantas. Is gann a chreideadh iad an sùilean fhèin. Bha iad le chèile mar gum biodh iad am breislich. Shuath iad an sùilean. Sheall iad mun cuairt feuch an ann a’ bruadar a bha iad. Chan ann. Bha iad ceart gu leòir. ’S e fhèin a bh’ ann gu slàn beò corporra: Perkins, ’s cha b’ e àich-eadh.

Nuair a fhuair iad an anail ’s a thàinig iad chuca fhèin, bhruidhinn iad.

“Ciod e air thalamh an t-saoghail air fad a tha an seo?” arsa Cailean.

“Cha bu lugha riamh na mo bharail,” arsa Warnock. “Tha innleachd air choireigin eile am beachd na tè glaise, agus mur eil mi meallta nam bharail, tha i cheana a’ bogadh nan gad. Sin, air neo tha i ga phàigheadh airson a sheirbhis le bàillidh a dhèanamh dheth. Chunnaic am fear ud mise mum fac’ e ’n New Zealand mi. A bheil cuimhn' agad am fiamh a ghabh e nuair thachair sinn aig na mèinnean? Chan eil Perkins na shùgradh," arsa Warnock, 's e a' maoidheadh a dhùirn.

"Ach ciod e thug thairis e?" arsa Cailean.

"Math dh'fhaoidteadh gun deachaidh e air mo lorg-sa," arsa Warnock.

"No air mo lorg-sa," arsa Cailean.

"No teicheadh airson croin air choireigin," arsa Warnock.

"Tha e fhèin 's an tè ghlas an lùib a chèile air dhòigheigin. Creid thusa. Agus ce b' e cò 's fhaide bhios beò, 's e is motha a chì."

Dheasbad iad a' chùis air a h-uile dòigh. Dh'fheuch iad a-nunn 's a-nall e, ach bha dìomhaireachd innte tro nach b' urrainn dhaibh faicinn.

Bha iad a' gabhail barrachd toileachaidh nan turas, ri linn na dh'fhoghlaim iad. Bha iad air slighe a bha dorcha rompa. Bha iuchair an dorais nan seilbh, ach ciod e a bha an taobh a-staigh den chòmhla cha b' urrainn dhaibh fhaicinn. Bha e na aon toileachadh gun robh iad air an stairsneach, agus gun robh comas aca ceum eile a thoirt air an aghaidh, nam faiceadh iad am boillsgeadh bu lugha rompa. Bha trì dùirn den oidhche ann mun d' ràinig iad an "dachaigh." Bha coltas iargalta oirre, is bha iad toilichte faotainn am fasgadh na h-uamha. Bha an connadh a' dìosganaich air a' chagailt, 's gun rompa ach am ministear agus Bodach nan Duilleag, 's iad nan suidhe gan garadh, 's a' cracaireachd mu choinneamh an teine. Bha leotha nach fhaca iad àite riamh bha cho cofhurtachail ris an uaimh an oidhche ud. Bha gaoth is gailleann a-muigh, is mar bu mhotha bùirich nan tonn air a' chladach gu h-ìosal làmh riutha, rànaich na gaoithe mu aodann a' chnuic, is taomadh nan speuran dubha air na sonna-chlachan mun doras, b' ann bu sheasgaire bha iad gam faireachdainn an dìon 's am fasgadh na h-àrdraich nàdarra seo, gun dìth bidh no connaidh no cuideachd.

Bha Cailean 's a chompanach sàr thoilichte air an oidhche seo. Chuidich am fiosrachadh ùr a fhuair iad le leithid de thuiteamas iongantach, iad iad fhèin a dhèanamh na bu toilichte leis a' cho-fhurtachd a bha mun cuairt orra. Bha na bha a-staigh a' co-chòrdadh ris na bha a-muigh, agus bha an dithis na bu chridheala na b' àbhaist dhaibh, ged a bha sin cridheil gu leòir.

Bu ghoirid leotha bha an oidhche a' dol seachad, ach bha Eachann gun tilleadh fhathast, agus bha iad a' gabhail toileachais am bhith a' fuireach ris, feuch ciod e an naidheachd ùr a bhiodh aige. An àite beag mar siud far an robh gach duine eòlach air a chèile, bha othail ga dhèanamh ris an rud bu lugha. Cha robh uair a thigeadh Eachann dachaigh nach biodh sgeul ùr air choireigin aige, agus bhon a bha e deas-bhriathrach, agus geur-theangach, chuireadh e blas air naidheachd nach èistichteadh rithe bho dhuine eile. Chòrdadh e ris a' mhinistear mhòr fhèin, ged bu tric a bhiodh iad air gach taobh den teine mar chat mireagach agus cù conasach.

Ach thàinig e anmoch, is cha robh Eachann a' tighinn.

"Hm!" theireadh am ministear, 's e a' sealltainn rathad an dorais, "chan eil fhios ciod e thàinig ort a-nochd, Eachainn. Feumaidh gun tug thu do cheann fod sgèith an tom air choireigin eile."

"Tha luaidhte, airson aon rud, gun do chùm an t-sìd' e. Gu dearbh, cha bhiodh e fuathasach lurach a-nall na monaidhean dubh ud a-nochd, cè sam bith ciod e cho eòlach 's a bhiodh duine."

"Tha rudeigin an sin. Tha rudeigin an sin," ars am ministear. "Tha mi an dòchas gu bheil e fo dhìon, ge-tà – an clibire lapach!"

"Ù! Thig e air lom ceart nas leòir sa mhadainn," arsa Cailean, 's e a' faotainn a theangaidh gu gasta mun cuairt na cainnt Ìlich.

"Tha mi an dòchas gun tig," ars am ministear. "Chan eil an dùthaich agaibhse idir cho garbh seo."

"'S gann dhith," arsa Cailean.

"Ù! Bha mi greis an Ìle cuideachd," ars am Ministear. "Nach bòidheach na cluaintean mun cuairt Chill Daltain! Nach brèagha an sealladh e nuair sheallas tu 'nunn bhon chnoc ghorm ud faisg air an Taigh Bhàn, nuair sheallas tu ri rathad a' chlaidh!"

Bha Cailean an sàs. Cha robh e a-riamh an Ìle, is cha robh fios aige càit an robh aona chuid an cladh no Cill Daltain. Cha robh aige a-nis ach an seanchas a stiùradh gu slighe air choireigin eile cho luath 's a ghabhadh dèanamh.

"Seadh!" ars esan. "'S e sealladh ciatach a th' ann, ach chan eil e cho brèagha beanntach seo."

Aige seo chualas an t-uisge sgailceadh air na clachan a-muigh, 's a' ghaoth a' bùirich.

"Ò, chuideachd, nach i tha mosach air fàs! Tha mi an dòchas gu bheil an duine bochd ud fo dhìon," arsa Cailean.

"Tha i mosach da-rìreadh. Tha feum againn air an t-sopaig a-nochd, no cha bhiodh mòran fasgaidh againn."

B' i an t-sopag an cnocan creagach mu choinneamh an dorais, a bha a' cumail dìon air an uaimh, cè sam bith an àirde bhon tigeadh a' ghaoth.

Fhuair Cailean a mhiann, fuireach taobh an fhuaraidh de Ìle. Dh'innis e gun robh fiughair aige fhèin 's aig a chompanach an aghaidh a thoirt taobheigin eile. Ach cha b' ann idir sgìth den chuideachd a bha am ministear 's a chompanaich fhèin.

Bàs is Tòrradh Dhùn Àlainn

Chaidh cuid mhath den oidhche seachad, ach cha tàinig Eachann. Thuig iad gun robh e tèarainte taobh teintein air choireigin, 's nach leigteadh a leas cùram a bhith orra às a leth. Ghabh iad suipeir anmoch, agus chaidh iad mu thàmh.

Bha meadhan-latha ann, an làrna-mhàireach mun do smoislich iad. Cha robh iad ach air an teine fhadadh, 's iad nan suidhe mun cuairt air, nuair a chuala iad Eachann a' tighinn, agus srann shunndach aige air canntaireachd.

"Hm!" ars am ministear, "tha naidheachd thaitneach air choireigin air do shiubhal-sa nuair thàinig thu 'mach le leithid seo de shìd', is tu cho sunndach. Hm!"

A-nuas ghabh Eachann le fonn sunndach. Gun facal a sgoltadh, ghabh e seachad do cheann shuas na h-uamha, gun a shùil a thogail dhiubh, agus an sùilean-san, mar an ceudna, airsan, 's iad bodhar dall balbh. Leis an aon seirm, thilg Eachann dheth am paca. Chuir e a làmhan an ceannaibh a leis, is channtairich is dhanns e.

"Mura bheil thu air mhisg, tha thu nas miosa, gharraich. Dèan suidhe," ars am ministear.

"Ho ho ho! Nach ann agamsa tha an naidheachd dhuibhse? Nach d' fhuaireadh Dùn Àlainn an-diugh sa mhadainn tràth na chorp!"

"Ciod e tha thu 'g ràdh! Ciod e tha thu 'g ràdh! Bheil thu nad chèill fhèin, a dhuine? Ciod e tha thu a' ciallachadh? Marbhphaisg ort! Marbhphaisg ort, a dhuine!" ars am ministear, 's e a' tachas a chiabhaig mar bu ghnàth leis nuair a bhiodh e a' bruidhinn an dùrachd.

"Tha mi 'g ràdh siud," ars Eachann. "Fhuair iad Dùn Àlainn aig taobh an rathaid aig Bealach a' Choire, 's e na bholla."

"Am faod sinn do chreidsinn, a dhuine? Am faod sinn do chreidsinn?" ars am ministear.

"Dìreach ur toil mhath fhèin, a rùin, a mhinisteir," ars Eachann. "Ach tha mise 'g innseadh dhuibh gun d' rinn dràc fiadhaich coileach-dubh dheth a-raoir. Bha e aig faidhir an t-Sàilein, is nuair nach do thill e aig àm riaghailteach, thionndaidh am baile a-mach ga rùrach, agus siud mar a fhuair iad e. Bha dràc fiadhaich na laighe marbh làmh ris. Tha e coltach gun robh an dràc a' dèanamh air solas a' charbaid san dorcha, agus bhuail e dìreach Dùn Àlainn an tobar a pheircill, agus sgrog e e."

Leis na facail a ràdh leig Eachann a cheann, air a shocair fhèin, air a leth-taobh, is thug e sgailc le bhois dha fhèin an taobh a chinn.

"Tha e coltach gun do ghabh an t-each sgaoim nuair thuit Dùn Àlainn a-mach às a' charbad, 's gun deach an roth thar amhaich. Fhuaireadh an carbad na chriuthal gu h-ìosal san abhainn, 's an t-each ag ionaltradh astar beag air falbh. Sin agaibh a-nis," ars Eachann.

Cha robh Warnock a' tuigsinn ciod e a bha Eachann ag ràdh. Ach an uair a leig Cailean a thuigsinn dha e, leugh iad aodainn a chèile. Bhruidhinn iad thall 's a-bhos air na thachair, 's iad nan suidhe aig am biadh, no mun cuairt an teine. Bha Cailean is Warnock a' cnuasgail an guth beag ra chèile nuair a gheibheadh iad cothrom. Bha an gnothach leotha a-nis, is gach nì air a shocrachadh. Bha a h-uile ceum a ghabhadh iad air an suidheachadh, 's cha bhiodh fàillinn sa chùis.

Nuair a thug am ministear tarraing air gun robh iad a' falbh, dh'èirich malaidhean Eachainn.

"A' falbh! A' falbh!" ars esan. "Nach eil fhios nach eil iad a' falbh gu dèidh an tòrraidh. Ho ho ho! Leabhra! Bidh tòrradh an seo nach robh riamh a leithid san dùthaich bhon latha thìodhlaiceadh Lachann Mòr Dhubhairt am Muile an dèidh a chorp a thoirt a Ìle.

Ha ha ha! Ò, chlann, eudail, 's ann an siud a bhios an deoch 's an t-aran 's an càise!"

"Ò, ghormailein shuaraich gun toin, gun seadh, bi sàmhach," ars am ministear. "An e sin dòigh a bhruidhneas tu air bàs do cho-chreutair. Nach beag iochd a th' annad, a leasaire gun tuigse, biodh tùr agad. Cò 'd aig tha fios cò an uair seach a' mhionaid, nas motha na Dùn Àlainn, a dhuine gun tur, gun nàire. Is beag fios a th' agad am bi thu beò latha an tòrraidh, ged is dlùth e. Bi faicilleach, a dhuine. Bi faicilleach."

"Bithidh mi sin gun teagamh: cho faicilleach 's gum bi mi aig an tòrradh mas urrainn mi. Tha fios gun tèid sibh fhèin a dh'fhaicinn na h-ùir ga cur air sùil ur seann charaid cuideachd. Ochan, ochan! Nach sibh a chuireas ur lùdag ris. Ho ho! Bithidh oighre ùr air Dùn Àlainn a-nis, cuimhnichibh. 'Eachann Dhùn Àlainn,' ars iadsan. Is fhad o nach robh an t-ainm roimhid air."

"An-dà, gu dearbh. Is coma ged nach robh e nis fhèin ann," ars am ministear.

"An e ainm an duine chòir: Eachann Bàn nam Blàr?"

"Seadh! No ainm an duine gun chòiread idir: Eachann Dubh a' Phaca," ars am ministear.

Ghàir each nuair a chuala iad siud, is cha b' urrainn am ministear fhèin gun triutan a dhèanamh cuideachd.

"Nach dual dha an t-ainm?" ars Eachann, "cho dualach ri Cloinn 'IllEathainn fhèin. Mar choin ag òl eanraich, tha ainmean Chloinn 'IllEathainn: Eachann, Lachann, Eachann, Lachann, Eachann, Lachann, Teàrlach."

"Sguab leat e, ma-tà," ars am ministear. "Mura sguab, chan e cion teangaidh a th' ort. Mur eil i leathann, tha i fada gu leòir.

Bha a' bhearradaireachd a' tighinn ri each anabarrach math. Bha an dithis cho geur 's cho geur, is cha robh ach gearradh thall 's a-bhos gus an deach sgonn den latha seachad.

Leig Cailean is Warnock dhiubh falbh, gun teagamh, is cha robh an còrr de chuideachd na h-uamha diombach.

Thàinig latha an tòrraidh. Bha cruinneachadh mòr ann. Sgeadaich Cailean is Warnock gun fhios do chàch, iad fhèin an aodach rèidh. Thilg iad seann chleòcannan turais orra is chan aithnichteadh iad ach mar b' àbhaist.

Sheinn a' phìob "Cumha MhicCriomain" is "Cumha Mhic an Tòisich." Labhair am feadan na facail is dh'aithris na fir air fad, nan inntinnean iad, a' togail nan corrag air a' bhata. Rinn na duis co-sheirm a' mhulaid a' freagairt an fheadain bhinn, nuair a thòisich meòir ealanta a' phìobaire air fuasgladh snaidhmeannan cruaidh a' chrùnluth. Stad an oiteag air guala na beinne gu h-àrd, is sheall i às a dèidh ag èisteachd ri lùth-chleas nam meur a' toinneamh a' chiùil leadarra a tuill an t-seannsair. Thug i leum air falbh le osann na h-uchd, is liubhair i fuaim a' chiùil don gleann gu h-ìosal, gus an tàinig reachd am muineal mhic-talla ga thilgeil o chnoc gu cnoc.

Lean Cailean is Warnock le chèile dlùth don ghiùlan. B' e dleasanas Chailein e. Ràineas an cladh. Dh'fhosgail an uaigh a beul, is shluig i suas Cailean Mòr Dhùn Àlainn. Le làn a dhùirn den ùir anns an do chnàmh a mhàthair, chuir Cailean duslach ri duslach, is sheall na bha mun cuairt air a chèile. Nuair a dh'fhalbh an còmhlan, sheas e le ceann crom rùisgte aig ceann na h-uaighe, is dhùisg iongnadh am measg na cuideachd nan suidhe aig a' chosgais. Rinn e dhleasanas, is an sin lean e càch.

Bha sùil an t-sluaigh air. Bha rudeigin a' toirt buaidh orra. Gun fhios dhaibh, bha an aignean air an gluasad le cumhachd dìomhair air choireigin. Dh'fhairich iad e, ach cha do thuig. Am beagan ùine dh'fhuasgladh a' cheist dhaibh, ged bha i dorch agus soilleir dhaibh aig an aon àm.

An Latha air Togail

Chruinnich an tuath don chaisteal. Bha cuideachd mheasail san t-seòmar mhòr a' dèanamh bròin leis a' bhantraich air sgàth an fhasain. Phlùich Cailean is Warnock iad fhèin am measg nan uaislean. Thòisich Cailean air bruidhinn. Dh'èirich Perkins gu dùbhlanach gan cur a-mach le chèile.

"Leig leotha, na creutairean. Tha an deoch orra," arsa bean Dhùn Àlainn, 's i na suidhe man coinneamh an sgeadach bantraich, 's a triùir chloinne mun cuairt orra. "Leigeadh leotha."

Bhlaiseagainn Cailean a bheul, 's e air fàs tioram leis an làraich san robh e, le cudrom an nì a bha a' dol a thachairt, is leis a' bhuaidh a bha fhios aige a bhiodh aig an t-soilleireachd a bha ri teachd cho grad air an t-sluagh a bha a' brùchdadh a-steach a dhèanamh fearas-chuideachd air bodaich ùra na h-uamha.

Thòisich e. Ars esan: "Cò bhiodh cho dàna 's gun diùltadh e dhòmhsa làrach mo bhonn de ùrlar m' athraichean?"

Bha piuthail ghàireachdaich am measg na cuideachd.

"Cò bhiodh cho dàna 's gun diùltadh e dhòmhsa mo ghuth a thogail fo sparran mo shinnsearachd?"

"Cùm suas i, bhodaich," chualas taobh a-muigh an dorais.

"Cò tha cho ladarna 's gum bacadh e mise thighinn an seo a ghabhail seilbh air oighreachd agus cuid m' athraichean, mar is i mo chòir gu laghail dligheach? Cò e? Oir is mise, le mòr-dhùrachd do chuid agus beag-dhùrachd do chuid eile, Cailean Òg Dhùn Àlainn!"

Leis na facail a ràdh, thilg Cailean dheth a lùirichean. Thionndaidh e mun cuairt uair no dhà air a shàil am measg na cuideachd, 's a làmhan sgaoilte a-mach.

Dh'aithnich an sluagh e. Thog iad beuc aighearach a thug gliong às na soithichean.

"Cailean Òg! Cailean Òg! Cailean Òg!" chluinnteadh gun stad a-muigh 's a-staigh.

Thuit Perkins an cathair mar gum fuasgladh a h-uile alt a bha na chom. Bha a' bhantrach na suidhe gun deur fala na h-aodann 's a sùilean a' leum às a ceann. Thionndaidh Cailean ri Perkins. "Agus, thusa!" 's e a' cocadh a chorraig ris, "choinnich sinn roimhid. Fhuair thu às an uair ud, ach a-nis tha thu an sàs, agus às chan fhaigh thusa. An uair seo gheibh thu duais na h-eucorach, an uair seo thèid ceartas a shàsachadh, agus an uair seo thèid an t-ionracan na chuid."

"An tè ud a rinn uile e, mo chreach! Air a droch cheann tha mo mhallachd uile," arsa Perkins, an èiginn chruaidh.

"Thusa! Thusa! Gun duine eile ach thusa a mharbh Seumas Weldon neoichiontach. A chealgair, a mhortair," ars a' bhantrach.

"Am marsanta Gallda! Am marsanta Gallda!" chluinnteadh à ceud amhach.

"A Chailein, eudail, seall cùl a chinn, seall cùl a chinn feuch am faic thu an ainfheoil a chuir mise air. 'S e th' ann gun teagamh. 'S e th' ann. 'S e th' ann!" ars Eachann a' Phaca, 's e mar gum biodh duine às a riaghailt ga phlùchadh fhèin a-steach tron t-sluagh.

Dh'fhàs Cailean e fhèin bodhar dall nuair a chuala e a' bhantrach. Chaidh Perkins a rùsgadh. Bha an ainfheoil an siud. Agus b' e siud am marsanta Gallda a shaoileadh a bha bàthte. Bha a chionta follaiseach. Bha a chomharra na chuideachd. Thug e suas e fhèin, is thuit e an neul trom.

Rinn a' bhantrach seòrsa sìolaidh a-sìos. Bha daonnan stàilinn mhath oirre a sheasamh na làraich. "Is tu a th' ann. Tha fios gur tu. Ach tha mise 's mo chuid cloinne air do neo-ar-thaing. 'S mise bean laghail d' athar, agus seo a leanabhan. Gheibh mise còir bantraich, agus iadsan còir dhìlleachdan, air d' amhaich, air d' amhaich!" ars ise, 's i a' cocadh a corraig ri Cailean, 's a' bualadh a coise air an ùrlar, is fiamh gàire an uilc air a beul olc.

"Ha ha ha!" arsa Cailean, "tha thu fada fada air cùl do naidheachd, a bhròineag. Seall siud!"

Leis an seo, leig Warnock a-sìos a chleòca mòr luideagach fhèin, 's a ghruag is fheusag, mar a rinn Cailean, is mu choinneamh na ban-Fhrangaich, 's na ban-eucoirich, sheas e: a fear-pòsta laghail a shaoil i a bha marbh.

Thug i sgreuch aiste a chaidh tro gach ceann a bha a-staigh, is le sùil mu seach air Warnock is air Perkins – no "Lambton," 's e b' ainm dha – is sgreang an uilc na h-aodann, thug i duibh-leum gu ruigheachd air seann chlaidheamh a bha an crochadh ris a' bhalla. Ach chaidh a cur an sàs. Thàinig crìoch obann air a droch ghnìomharran nuair a shaoil i a bhith aig àird a cluich.

Chaidh a' phaidhir a chur an làmhan an lagha, is dh'fhuiling iad le chèile airson an droch ghnìomharran. Fhuair iad prìosan fhad 's bu bheò iad.

Ach, bhon uair air an do thòisich an iomairt seo, ghabh Cailean seilbh na chuid. Bha mùirn feadh na h-oighreachd uile, is thogadh an sluagh às a' chlàbar anns an robh iad iomadh latha fada brònach – seadh, na bh' ann dhiubh. Thòisich Cailean air gach nì a chur air dòigh sa mhionaid. Chuir e am ministear mòr air deagh thaigheadas, agus, mar an ceudna, Eachann a' Phaca agus Bodach nan Duilleag.

Dh'fhan Warnock còmhla ris ùine mhòr. Chaidh a' bhreug-riochd air chùl, is cha robh duine a dh'ionndrainn Cailean nach d' fhaighnich e air a shon.

Bha dithis a dh'ionndrainn e thar chàich: Màiri agus Mòr Bheag. Cha robh sgeul aig duine orra, ach gun deach Mòr Bheag a chur gu togail do Shasann, agus gun d' fhàg Màiri 's a màthair greis na dèidh. Cha chualas an còrr air Mòir Bhig. Ach thàinig sgeul uaireigin gun do bhàsaich màthair Màiri, is gun robh Màiri fhèin a' teagasg cloinne an teaghlach measail an Lunnainn. Cha robh an còrr sgeul oirre.

Rinn Cailean na dh'fhaodadh e ga faotainn a-mach tro na pàipearan, ach cha chualas a-riamh drannadh. Thug e suas dòchas gum faiceadh no gun tachradh e fhèin is iadsan am-feast. Math dh'fhaoidteadh nach robh iad idir beò.

Ghlèidh e triùir chloinne athar mun cuairt air, is rinn e àite an deagh bhràthar dhaibh. Bha e na thoileachadh leis iad a bhith aige nis. Cha robh atharrach acasan air mar a thàinig iad. B' e fhuil is fheòil iad, agus chuir e roimhe a dhleasanas a dhèanamh riutha.

Bha Màiri daonnan na inntinn. Bha e ga faicinn mu choinneamh a shùl a latha 's a dh'oidhche. Bha e a' cluinntinn a guth a' gabhail nan òran, is thogadh e fhèin co-sheirm leatha. Aon latha sin, 's e smaointinn mar seo, bhuail rudeigin na inntinn. Sheas e. Sheall e a-mach tro uinneig. Bhuail e dhòrn air a bhois. "Cuiridh mi an geall gu bheil e agam! Cuiridh mi an geall gum faigh mi i! Cuiridh mi an geall gum faigh! Cò dh'ionnsaich 'Crodh Chailein' don chaileig bhig ud? Cuiridh mi an geall gur h-ise."

Leig e a bheachd ri Warnock. Bhon chiad latha a thachair iad rinn e sin, is bha Warnock dìleas dha. Thog iad orra gu Lunnainn. Ràinig iad an taigh anns an robh an tòrachd. Dh'innis iad ceann an turais, is cha chuala muinntir an taighe rud a-riamh cho neònach. Bha a' chaileag bheag fhèin a' gàireachdaich i a bhith na meadhan air Cailean 's a leannan a chur an rathad a chèile. Chaidh an nighean a thoirt an làthair. Cha robh fios aig Cailean co-dhiù bha e na sheasamh air a cheann no air a chasan nuair chuala e ceum a' tighinn. Ach mo thruaighe! Bha e air a mhealladh. Cha b' i Màiri a bh' ann, no a coltas, no a h-aogasg. Thuit cridhe Chailein na bhrògan. Rinn e cinnteach gur h-i bhiodh ann.

"Bha dùil a'm," ars esan, "gur i mo leannan gu cinnteach a bh' annad, nuair smaoinich mi gum bu tu a dh'fhaodadh an t-òran Gàidhlig ud ionnsachadh don chaileig bhig seo."

"An-dà," ars ise, "chan eil Gàidhlig idir agam, is cha do rinn mi ach an t-òran ionnsachadh o bhan-chompanaich dhomh. Is aithne dhomh mòran nìghneagan Albannach aig a bheil gu leòir de Ghàidhlig."

"Seadh," arsa Cailean. "Ciod e 's ainm don tè a dh'ionnsaich 'Crodh Chailein' dhut?"

"NicGriogair," ars ise.

"NicGriogair! NicGriogair!" arsa Cailean. "Tha mi aige nis. Sin agad mo Mhàiri-sa. Càit eil i fuireach? Sin agad i! Sin agad i!" arsa Cailean, 's e a' spaidsearachd air an ùrlar.

"An-dà, 's e 'Màiri' a th' oirre gu dearbh," ars an nighean.

"Ach càit eil i?" arsa Cailean.

"Bheir mi chugad i an còig mionaidean," ars an nighean.

"Greas ort, ma-tà. 'S i th' ann, 's i th' ann! Tha mi fiosrach gur h-i th' ann," arsa Cailean, 's e a' sràidimeachd gu h-uasaideach air an ùrlar, mar nach biodh duine beò a-staigh ach e fhèin, is càch a' seall-tainn air len sùilean 's lem beòil.

Thuig Màiri an teachdaireachd – oir 's i a bh' ann. Cha ghabh e innseadh mar a ghabh i fhèin is Cailean an coinneachadh iongantach a rinn iad an làthair an eadar-chàirdean.

"Fhuair mi fhèin is tu fhèin, a Mhàiri, grèim air a chèile, agus 's e am bàs a chuireas eadarainn. Ach a bheil sgeul air Mòir Bhig, mo phiuthar?"

Sheall Màiri mun cuairt an taighe gun ghuth a ràdh. Bha fiamh gàire oirre. Cha tubhairt duine guth. Bha Cailean a' feitheamh ri freagairt.

"Sin agad i," arsa Màiri, 's i a' cocadh a corraig ris a' chaileig. Dh'fhaodadh tu a bhith cinnteach nach biomaid fada bho chèile. Sin agad i, is tha i air a deagh ghabhail aice."

Bha Cailean, 's e mar gum biodh a cheann air togail. Cha robh e ach a' suathadh 's a' fàisgeadh a shùilean mar gum biodh e ga dhèanamh fhèin cinnteach nach ann a' bruadar a bha e. Bha a h-uile rud a bh' ann cho neònach leis.

Dh'innis an sin Màiri mar a dh'fhàg Mòr Bheag i, a dhol a thoirt togail mhath uasail an Lunnainn dhi, ma b' fhìor, mar a chuir i fear-lorg air a sàil, mar a fhuair e na dìol-dèirce i air sràidean Lunnainn còmhla ri mnaoi bhochd a bha a' reic bhlàithean air an t-sràid, mar a fhuair i a goid 's a cur an deagh dhachaigh mar a bha e a' faicinn.

"'S a-nis," ars ise, "nach do rinn mi mo dhleasanas gus a chuid as fhaid' a-mach?"

"Rinn, a rùin nam ban," arsa Cailean, "'s nì mise riuts' e."

Dh'innis e a shuidheachadh. Dh'innis e mar thachair aig an taigh is bhon taigh, is bha Màiri mar gum biodh sgleò air a sùilean. Cha robh na bha a-staigh ach ag èisteachd ris a' chòmhradh gun fhacal a thuig-sinn. B' e còmhdhail mhòr iongantach a bha an seo.

Rug Cailean is Màiri air làmhan air a chèile an làthair na cuideachd. Leudaich iad am beachd. B' e siud an rèiteach. Ach cha d' fhuirich e aige siud. Chruinnich bean an taighe beagan chàirdean. Chaidh cuirm bhrèagha a dhèanamh, cho faisg 's a ghabhadh e a' dol air an t-seann dòigh ghasta Ghàidhealaich. Rug Cailean is Màiri air làmhan a chèile thar a' bhùird. Chaidh gloine fìon a dhòrtadh air an dùirn, agus le cridhealas mòr ghlaodhadh iad mar "fhear-bainnse" is mar "bhean-bainnse."

An ceann glè bheag ùine, bha iad nan "daoin' òga", agus gun fhios do chreutair a bha rompa, ràinig Cailean is Màiri Dùn Àlainn mar fhear 's mar bhean-phòsta.

Ged a bha e cho goirid an dèidh bàis an t-seann uachdarain, chaidh greadhnachas mòr a dhèanamh riutha. Fad seachdain, chaidh an làn-aighear 's an logamail a ghlèidheadh air aghaidh an siud 's an seo feadh na h-oighreachd an dèidh sàmhchair a thuiteam air Dùn Àlainn fhèin.

Soraidh do na Gaisgich

Rinn Cailean Òg uachdaran math, agus cha robh a bhean chaomh na grabadh sam bith air. Dh'fhàs an sluagh lìonmhor agus sona aon uair eile, agus bliadhna an dèidh bliadhna chiteadh smùid ga togail an siud 's an seo, far an robh teinteinean fuara fad bhliadhnachan athaiseach.

Chaidh Mòr Bheag fhàgail far an robh i, a dhol a bhith na ban-oighre air na mìltean a bh' aig na h-uaislean a thog i, ach b' e Dùn Àlainn a dachaigh, is cha deach samhradh thar a cinn nach robh i a' tighinn ann fhad 's bu bheò i.

Thog Cailean is Màiri teaghlach beag bòidheach. Thog iad, cuideachd, an "gad" beag a dh'fhàg seann Dùn Àlainn na dhèidh, agus thugadh ionnsachadh urramach dhaibh.

Ach, mun tig an sgeul seo gu crìch, feumar aon nì iongantach ainmeachadh.

Cha d' rinn Cailean dearmad air a bhith a' dol air chèilidh air a sheann chompanaich a bha leis san uaimh. Chan iarradh e na b' fheàrr na Eachann agus am ministear a chur an amhaichean a chèile: am ministear ri fìor dha-rìreadh, is Eachann a' tarraing às. Cha toireadh iad drannadh a Bodach nan Duilleag, is nuair a bhiodh an dithis eile a' trod, bhiodh esan ag èisteachd 's a' gàireachdaich ris fhèin. 'S e duine ciùin sàmhach mar seo a bh' ann, agus "mar lus an Dòmhnaich gun mhath gun chron."

"Cha tàinig e fodham riamh, ged tha mi cho fad ad chuideachd, fhaighneachd dhìot ciod e chuir 'Bodach nan Duilleag' ort. Ciod e chuir an t-ainm ort?" ars am ministear mòr aon oidhche a thachair Cailean a bhith leotha air chèilidh.

Bha am ministear na shuidhe mu choinneamh an teine, 's a chasan bac air oireig, 's e a' ruith a chorraig air a shocair fhèin tro chiabhagan fada cleiteach, liath. Cha robh fios aig duine a-riamh ciod e a chuir an t-ainm air, is cha mhotha dh'fhaighnich duine.

"An-dà," arsa Bodach nan Duilleag air a shocair fhèin, "'s e chuir an t-ainm orm, gur e bocsa dhuilleag na dh'fhàg m' athair agam de chuid."

"Dh'fhàg e gu leòir agad airson na dhèanadh tu dheth. Ho ho ho!" ars Eachann.

"Thòisich thusa do ghòrachdail," ars am ministear. "Chan fheàrr thu dad na cathag am madainn reothaidh, a ghobhar ghlas gun eanchainn. Cùm, cùm am fear a dh'fhàilnich ort. Ach cha chùm gus an cuir am bàs car cam ad pheirceall, a chreutair shuaraich!"

Thigeadh e cruaidh no bog, cha dèanadh Eachann ach gàire, abradh am ministear a roghainn ris.

"Seadh!" ars am ministear ri Bodach nan Duilleag. "An e sin na dh'fhàg e agad?"

"'S e, ach rùchan tioram gun dad a fhliuchadh e!" ars Eachann, le lachan gàire.

Thug am ministear sùil gheur air, ach cha tubhairt e dad, ged a bha a furasta fhaicinn gur e glè bheag a bheireadh air a làimhseachadh.

"Seadh! An robh an còrr aig d' athair a dh'fhàgadh e agad?" ars am ministear, 's e a' leanmhainn, is daonnan a chorragan na chiabhaig.

"Bha, na mìltean," ars Eachann, 's e a' freagairt an toiseach.

"Bha, dìreach na mìltean," arsa Bodach nan Duilleag fhèin air a shocair.

"Bocsa dhuilleag," ars am ministear, mar gum biodh ris fhèin. "Bocsa dhuilleag! Ciod e an duine bha 'd athair? Ciod e bu chèird dha?"

"Bha duine bh' air a dheagh dhòigh," ars am bodach, "ach duine neònach cuideachd. Bu sheann saighdear e, seann chòirneal airm."

"Ò, dìreach," ars am ministear. "Tha mi agad a-nis. Bha e tharis, tha mi cinnteach?"

"Bha."

"Is bhuail a' ghrian e!"

"Bhuail, tha mi creidsinn," ars am bodach.

"Ò, tha mi tuigsinn," ars am ministear.

Chaidh am ministear greis an trom smaointinn.

"An-dà, tha mi creidsinn gu bheil barrachd anns na duilleagan na tha thu smaointinn. Tha h-uile litir san aibideil Ghàidhlig air an ainmeachadh air luibhean. 'S e Beith Luis Nuin a b' fhìor chiad ainm dhith. Gabhaidh na duilleagan cur air dhòigh an dèidh a chèile 's gun gabh iad leughadh mar litir. Bha an cleachdadh sin aca san àirde an Ear o chian nan cian. Sin far an cuala d' athair iomradh air, an glabhcaire. An robh e riamh am Persia?"

"Bha, is anns na h-Innsean," ars am bodach.

"Seadh! Ach, co-dhiù, bha an cleachdadh aig na fìor sheann Ghàidheil cuideachd. 'S e seann chleachdadh a th' ann. Leig fhaicinn dhomh na duilleagan, a bhothailein. Fair a-nìos dhomh iad."

Thugas na duilleagan an làthair, nan sreathan bòidheach an seann bhocsa air an robh dèanamh fìnealta nan Innsean. Ghabh Cailean 's na bha a-staigh beachd air a' mhinistear, 's e a' sealltainn air tè an dèidh tè de na duilleagan, 's iad den a h-uile seòrsa.

"Dìreach mar a thubhairt mi," ars am ministear. "Dìreach mar a thubhairt mi. Seall sin. Sin agad duille na Ruis. Sin an litir ris an abair sinn R," 's e ga meòrachadh, 's a' sealltainn oirre eadar e 's leus.

Thog e an sin duilleag eile, is sheall e oirre gu mionaideach.

"Sin agad," ars esan, "duille na h-Uir. Sin agad U an Gàidhlig. Sin agad an t-Iubhair a tha seasamh airson na litreach I. Sin agad, a-rithis, duille na Gort, is tha i sin a' seasamh airson G. Nis, nuair a thèid na ceithir duilleagan a leughadh anns an òrdugh san d' fhàg d' athair iad anns a' bhocsa seo, nì iad le chèile am facal RUIG."

"'S e duine neònach a bha nad athair, ach bha gliocas ann. Chan eil teagamh nach e bh' ann, mar a their iad, 'amadan glic', is bha rudeigin annad fhèin, cuideachd, mas e seo na dh'fhàg e agad. Ach air ur socair. Tha an t-òrdugh sa bheil na duilleagan seo a' ciall-achadh rudeigin. Tha seòladh air choireigin an seo. Stadaibh gus an leugh mi iad."

"Stadaidh, stadaidh, gu dearbh fhèin, ged a bhiodh sibh gu meadhan-latha 'màireach ag obair orra," ars Eachann.

Thòisich am ministear air meòrachadh nan duilleag, 's e a' sgrìobh-adh air pàipear litir an dèidh litir. Bha an taigh cho sàmhach ris an uaigh fhad 's a bha e aig an sgrùdadh dhìomhair seo. Bha fiughair aig gach duine ri ràdh neònach air choireigin a chluinntinn.

Mu dheireadh, chrìochnaich am ministear an obair. Dh'fhuasgail e a' cheist.

"Sin agaibh, a-nis, brìgh nan duilleag, biodh e ciallachadh an rud a thogras e. Sin agaibh e:

'RUIG MACGILLEMHÌCHEIL;
IS INNIS GUN DO THILL THU NALL.'

"Sin agad brìgh nan duilleag, a Dhùghaill. Dèan fhèin an còrr."

"Tha rudeigin fo na facail," arsa Cailean.

"Tha rudeigin aig MacGilleMhìcheil ri ràdh, ce b' e cò e."

"Aig an àgh tha fios," ars Eachann.

"A bheil thu fhèin ga thuigsinn, a Dhùghaill? Seadh! A bheil thu fhèin ga thuigsinn? Chan eil thu fhèin eu-coltach ri fear a bhuaileadh a' ghrian thu uaireigin nuair tha thu gabhail a' ghnothaich cho socrach, a chleòbaire!" ars am ministear. Bha dòigh anabarrach goirid aige air bruidhinn nuair chitheadh e duine tuathal na dhòigh.

"An-da," arsa Bodach nan Duilleag, air a shocair fhèin, "bha caraid aig m' athair an Dùn Èidinn den ainm sin, MacGilleMhìcheil, fear-lagha."

"Sin e!" arsa Cailean.

"Tha thu aige!" ars Eachann.

"Nach tubhairt mi riut!" ars am ministear.

Bhruidhinn an triùir còmhla.

"An-dà," arsa Cailean, "'s e mo bheachd-sa gu bheil teachdaireachd air choireigin an Dùn Èidinn dhut."

"Chan eil teagamh ann. Chan eil teagamh ann," ars am ministear.

"Chan eil nì as fheàrr dhut na Dùn Èidinn a thoirt ort air ball," arsa Cailean.

"Cha chùm airgead no comann thu, ma tha thu toileach. Thèid mi fhèin 's am ministear leat, agus seasaidh mi a' chosgais gus an till sinn. Ciod e tha thusa 'g ràdh?"

"Tha mi toileach," arsa Dùghall.

"Ò, chuideachd!" ars Eachann. "Nach e am ministear a gheibh an latha dheth! Bheir an turas seo na chuimhne an uair bhiodh e falbh dh'ionnsaigh an Àrd-sheanaidh o shean. Nach ann air a bhios a' chuail, a chlann, eudail, mun till e – ma leanas e da àbhaist. Ho ho ho!" is bhuail Eachann a dhà bhois air a chèile.

Am beagan ùine bha an comann deas gu falbh air an turas àbhachdach. Ràinig iad Dùn Èidinn. Fhuair iad a-mach taigh-sgrìobhaidh MhicGilleMhìcheil, is chaidh iad air beulaibh an fhir-lagha. B' e Cailean a b' fhear-labhairt. Leudaich e fàth an turais. Dh'innis e an dòigh thubaisteach air an d' fhuair Dùghall, mac dligheach a' chòirneil, a-mach a' chiad chuid de iarrtas athar.

Dh'èirich am fear-lagha, is fhuair e tiomnadh a' chòirneil. Leugh e sìos i. Mun d' fhàg Dùghall làrach nam bonn, bha e na oighre air fichead mìle punnd Sasannach, maille ri riadh fad còig bliadhna deug.

Bha air innseadh anns an sgrìobhadh a dh'fhàg an còirneal, an reusan a chuir gun d' fhàg e an t-airgead san dòigh neònaich ud. Bha fios aige gun robh Dùghall na dhuine òg struidheil, 's nam faigheadh e am beartas na làimh gun mhòran fios air cruaidh-chàs, no air ana-cothrom an t-saoghail, nach maireadh e fada dha. Dh'fhàg e leis an sin a mhaoin aig a mhac mar bu chòir dha, ach an dòigh a bha cho dorcha nach làimhsicheadh e sgillinn am-feast dheth. Co-dhiù, cha robh sgeul air Dùghall nuair a bhàsaich athair, is cha d' rinn e ach am bocsa fhàgail air cùram neach eile. Ach air a shon sin, thàinig Dùghall gu chuid, ged a bha e anmoch fhèin. Thàinig e chuige anns an àm sam bu mhath le athair, nuair bha fios aige ciod e bu chiall do ghainne.

Nuair thill na fir dachaigh bha fearas-chuideachd chiatach aca.

Thog Dùghall aitreabh bhrèagha air oighreachd Chailein. Thug e Eachann agus am ministear mòr leis, agus bha tighinn beò ròramach aca fhad 's bu bheò iad. Ach ged nach leigeadh Eachann a leas e, cha do leig e am paca far a dhroma fhad 's a b' urrainn e coiseachd. B' e siud a nàdar, is cha robh feum a bhith a' bruidhinn ris.

Phòs Warnock an nighean a lorg Màiri do Chailean. B' e miann Màiri e, agus b' e miann Chailein e, cuideachd. Cha robh samhradh fhad 's bu bheò iad nach robh iad a' tighinn do Dhùn Àlainn, is aig an àm sin bhiodh na fir agus bodaich na h-uamha an còmhnaidh an cuideachd a chèile. Bha an còigear a' dol latha gach bliadhna an rathad Uaimh nam Farbhalach, 's i a-nis gun duine ga tadhal mar a b' àbhaist. Bhiodh fleadhachas mòr aca an sin, agus Eachann neo-ar-thaing a' toirt gàireachdainn gu leòir dhaibh. Bha leanmhainn nàdarra aca air an uaimh, agus ged a choimeasadh iad an dà latha ra chèile – an latha bh' ann 's an latha a dh'fhalbh – bha làithean na h-uamha a cheart cho toilichte leis gach fear den chòigear fhear.

'S iomadh, 's iomadh latha bhon a dh'fhalbh an t-aon mu dheireadh de phrìomh phearsachan na sgeòil seo. 'S iomadh latha bhon a dh'fhàg an glùn mu dheireadh de shìol Chailein Òig an dùthaich. Ach an Dùn Àlainn bòidheach nan craobh 's nan cnoc fraochach, tha cuimhne fhathast orra.

A' CHRÌOCH.